初心

红色书信品读

《初心——红色书信品读》编写组 编著

人民出版社

前　言　从红色书信中看到坚贞不渝的初心

　　不忘初心，方得始终。中国共产党人的初心和使命，就是为中国人民谋幸福，为中华民族谋复兴。这个初心和使命是激励中国共产党人不断前进的根本动力。

　　2017 年 10 月 18 日，习近平总书记在党的十九大上郑重强调，以县处级以上领导干部为重点，在全党开展"不忘初心、牢记使命"主题教育。为帮助广大党员干部更好地学习领会中国共产党人的初心和使命，让大家一起来感悟革命先辈的心路情怀，我们组织有关同志分类梳理相关党史资料，深入查阅革命先辈致故人亲人的书信，精心编写形成这本《初心——红色书信品读》。

　　书信，是交换信息的重要载体，是交流感情的重要纽带。比起其他载体，书信具有信息更集中、材料更真实、情感更真切的特点。因而，阅读书信，有助于以点带面，触类旁通，把握真实。特别是，可以避开后人编排史料增加的干扰，通过原信不加粉饰的叙述，透过浓烈的情感色彩，更好更准确地体会作者当时所思所想、所喜所忧。

　　中国共产党人的红色书信，主要是革命先辈之间或他们与亲友交换看法、交流感情的亲笔信件，留存至今则是真实的记载，是宝贵的历史资料。这些红色书信，恰恰是理解中国共产党人的初心和使命的重要史料，是对党员干部进行主题教育最生动的读物。通过阅读这些红色书信，可以看到一段段波澜壮阔的历史真实，看到革命者有血有肉的思想活动和情感生活；可以看到斐然的文采和悦心的文辞，看到炽烈的政治追求和深情的牵挂；可以打开尘封历史禁闭的大门，再现已逐渐褪色的往事，感知到一个个鲜活的崇高的灵魂；还可以看到领袖褪去神秘光环回归朴实，却更加立体让人心生敬佩……说到底，从中可以看到那颗鲜红的、彼时彼刻正在搏动的"初心"。中国共产党人的这颗"初心"，为了人民幸福、民族振兴，坚贞不渝，从不褪色！

　　本书分九个板块选录红色书信，并认真撰写品读体会。这九个板块分别是：对革命理想的坚定信仰、为中国人民谋幸福的宗旨意识、为中华民族谋复兴的爱国情怀、对组织的无限忠诚、大无畏的革命斗志、孜孜以求的敬业精神、对同志的深情厚谊、对亲人的挚爱、高度自觉的律己意识。为方便阅读，我们根据信的主旨，用书信中的关键词句提炼出一个标题，根据分类将其放在适合的板块。选录书信原文时，基本保持其原有风貌，仅订正其中存在的某些明显错讹。插入注释时，根据中央党史研究室编写的书籍，对有关的人物、事件作简要解释。撰写品读时，根据写作背景概括信的主要内容，抒发阅读体会。

本书共选录了 49 封具有代表性的红色书信，其中正文选录 32 封书信并进行品读，延伸阅读共收进 17 封书信。选进来的书信，具有很强的可读性，不仅有正确的主张，有真挚的感情，还有美丽的文采。其中有多篇还被电视台、网站制作成视频节目，广为流传、深受好评。比如，左权牺牲 3 天前致妻子的信，2016 年在国内首档明星书信朗读节目《见字如面》上，被张国立以《再带给你十几个字》为题现场朗读，结果好评如潮，点赞爆棚！再如，方志敏在狱中撰写的《可爱的中国》，被重庆卫视《品读》栏目制成同名视频节目，深受观众喜爱，至今仍在视频网站上流传。还如，杨开慧 1929 年 3 月写给堂弟的信，被《见字如面》栏目现场朗读时，在场的观众纷纷飙泪。阅读革命先辈用智慧、鲜血甚至生命撰写的这些书信，我们内心波澜起伏，久久不能平静。当前，新时代赋予新使命，新时代要有新作为，唯有不忘初心、牢记使命、永远奋斗，方可告慰历史、告慰先辈，方可赢得民心、赢得时代，方可一往无前、善作善成。让我们铭记革命先辈的智慧创造、流血牺牲和杰出奉献，把对革命先辈赤诚的敬意，转化为干事创业的干劲，团结一心、勠力奋斗，继承和发扬优良传统，共同为实现中华民族伟大复兴的中国梦贡献力量！

本书重点参考了中央文献研究室出版的《毛泽东书信选集》《周恩来书信选集》《老一代革命家家书选》《红书简》和党建读物出版社出版的《红色家书》等权威著作，书信、注释和图片主要选摘参考自这些著作和人民网、中国共产党新闻网。特此说明并深表谢忱！编辑和撰稿工作水平有限，疏漏与不当之处在所难免，恳请见谅并指正。

本书编写组

2018 年 3 月 1 日

目　录

二、为中国人民谋幸福的宗旨意识

延伸阅读 ////

三、为中华民族谋复兴的爱国情怀

四、对组织的无限忠诚

延伸阅读 ////

五、大无畏的革命斗志

七、对同志的深情厚谊

八、对亲人的挚爱

九、高度自觉的律己意识

延伸阅读

一、对革命理想的坚定信仰

革命理想高于天。中国共产党之所以叫共产党，就是因为从成立之日起我们党就把共产主义确立为远大理想。我们党之所以能够经受一次次挫折而又一次次奋起，归根到底是因为我们党有远大理想和崇高追求。

非效法俄式之革命　不易收改革之效

——周恩来致表兄陈式周（1921年1月30日）品读

 书信原文

式周表哥：

别仅三月，而东西相隔竟迢迢在三万里外，想念何如！出国后，途中曾数寄片，想均入览。抵欧后，以忙于观览、寄稿及交涉入学事，竟未得暇一报近状，仅于在巴黎时一寄贺年画片，歉殊甚也！

兄之来函，以本月中旬至，彼时弟至英伦已一旬余。来书语重心长，读之数遍，思潮起伏，恨不与兄作数日谈，一倾所怀。积思愈多，执笔亦愈迟缓，一函之报，竟至今日，得毋"望穿秋水"邪！

八弟事，归津作解决，亦良好。此等各人生活之道，总以自决为佳。彼盖勇于一时盛气，苦无持久力，不入纱厂，未始非彼之有见而然也。近来消息如何，来函中亦望提及为盼！

弟之思想，在今日本未大定，且既来欧洲猎取学术，初入异邦，更不敢有所自恃，有所论列。主要意旨，唯在求实学以谋自立，虚心考查以求了解彼邦社会真相暨解决诸道，而思所以应用之于吾民族间者；至若一定主义，固非今日以弟之浅学所敢认定者也。来书示我意志，固弟之夙愿也，但躁进与稳健之说，亦自难定。稳之极，为保守；躁之极，为暴动。然此亦有以保守成功者，如今日之英也；亦有以暴动成功者，

3

如今日之苏维埃俄罗斯也。英之成功，在能以保守而整其步法，不改常态，而求渐进的改革；俄之成功，在能以暴动施其"迅雷不及掩耳"之手段，而收一洗旧弊之效。若在吾国，则积弊既深，似非效法俄式之革命，不易收改革之效；然强邻环处，动辄受制，暴动尤贻其口实，则又以稳进之说为有力矣。执此二者，取俄取英，弟原无成见，但以为与其各走极端，莫若得其中和以导国人。至实行之时，奋进之力，则弟终以为勇宜先也。以今日社会之麻木不仁，"惊骇物议"，虽易失败，然必于此中乃能求振发，是又弟所深信者也，还以质之吾兄，以为如何？

家庭一事，在今日最资学者讨论，意见百出，终无能执一说以绳天下者。诚以此种问题，非仅关系各个民族之伦理观念，人类爱情作用，属于神秘者多，其以科学方法据为讨论工具者，卒无以探情之本源也。惟分而论之，则爱情为一事，家庭又为一事。中国旧式家庭之不合时宜，不待论矣；即过渡时代暨理想中之欧美现今家庭，又何尝有甚坚固之理论与现象资为模仿邪？在国内时，或犹以为欧美家庭究较吾人高出多多，即今日与接触，方知昔日居常深思之恐惧，至今日固皆一一实现矣。盛倡家庭单一说者，其谓之何？惟哥幸勿误会，吾虽主无家庭之说，但非薄爱情者，爱情与家庭不能并论之见，吾持之甚坚。忆去岁被拘时，曾在狱中草一文，惜其稿为警厅人员所没收，不得资之以为讨论耳！即兄所谓"等量并进，辅翼同功，精神健越"，亦不外示爱情之可贵，固无以坚家庭之垒也。弟于此道常深思，有暇甚愿与兄有所深论，兹特其发端耳。过来人亦愿为之证其曲直是非邪？特嫌勾兄心事殊甚，是为过矣。

来书所论"衣食不敷，日求一饱且甚难，即朝朝叫嚣，何裨实际？"兄意以为衣食足后乃得言社会之改革，是诚然矣。然亦唯其"衣食不敷"，方必须"朝朝叫嚣"；衣食足者，恐未必理会"衣食不敷"者之所苦耳。且"衣食不敷"之人何罪，社会乃必使之至于冻饿至死而后已？彼不起而叫嚣，亦终其身为饿殍耳，是社会组织之不平，无法以易其叫嚣也。方今欧美日日喧腾社会之问题，即面包问题耳，阶级问题耳，俄且以是革命矣，德且以是革命矣，英、法、意、美亦以是而政治上呈不安宁之现象矣。是固兄之所谓叫嚣，而终不免于叫嚣也。愿兄有以深思之，当知不平现象中当然之结果，便如是而已。

自治之说渐亦邀有识之士所宣传，殆为九年来统一徒成"画饼"之反动。中央集权，本非大国所宜有，而中国民族性之庞杂，尤难期实现，故地方自治时也，亦势也。兄之宏愿在此，弟之愿固亦尝以此为嚆矢，相得益彰，弟之幸也，何言河海行潦？国内有何好消息关于此类事者，甚望时有以语我！

弟在此计划拟入大学读书三四年，然后再往美读书一年，而以暑中之暇至大陆游览。今方起首于此邦社会实况之考查，而民族心理尤为弟所注意者也。弟本拙于外国语言，谈不易收功，计惟苦读以偿之耳。学费当以得官费与译书两事期之，果均不可行者，或往法勤工耳。英伦地势之大，人口之多，为世界冠，因是交通机关虽便利，而读书则不甚相宜。数月后或往英北部苏格兰首都爱丁堡，亦未可知；至通信地址，则永久不变。

英国生活程度之高为各国冠，每年非中洋千元以上不易图存，其他消费尚不论也。

弟身体甚好，望放心！近状如何，时望来函告知！

匆匆报此，并颂

俪安！

弟　恩来

一九二一·一·三〇

⭐ **注释和品读**

1. 嚆矢，指响箭。因射箭时，声先于箭而到，比喻事物的开端。

2.河海行潦，指江河湖海的水混浊，比喻浊世。

这是周恩来赴欧洲求学三个月后写给表兄陈式周的一封信，谈了在欧洲求学的体会，反映了中国只有"效法俄式之革命"才能走向胜利的思想认识。选自《周恩来书信选集》，中央文献出版社 1988 年 1 月出版。

1920 年 11 月 7 日，周恩来远赴欧洲留学考察，探索救国救民的真理。在这封信中，他介绍了旅欧三个月的体会和思想认识。在这几个月中，周恩来本是思想"未大定"，但经过旅欧的学习和考察，初步确立了对中国只有走上俄式革命道路才能摆脱困境的思想认识。在随后的一年左右，他在学习、信奉革命思想的道路上大踏步前进。最终提出"当信共产主义原理"，选择了共产主义信仰，而且毕生奉行、矢志不移。可以说，这是周恩来走上革命道路之"最早的初心"。

这封信提出了一系列重要认识，乃是周恩来信仰共产主义的思想起步之处。第一，为什么要到欧洲去求学？他说，自己去欧洲"主要意旨，唯在求实学以谋自立，虔心考查以求了解彼邦社会真相暨解决诸道，而思所以应用之于吾民族间者"。实际就是为了探求解决社会问题之道，探求学问、确立信仰。第二，中国的出路在何方？在欧洲期间，周恩来采取各种方式广读博览，涉猎各种学说思潮，以审慎求真的态度"对于一切主义开始推求比较"。经过学习和思考，在比较了英、法、德、意、美、俄等国的发展道路的长短异同后，周恩来提出，"若在吾国，则积弊既深，似非效法俄式之革命，不易收改革之效"。之后一年，周恩来继续在思想信仰上大踏步向前，并最终选择了共产主义作为自己毕生的信仰。他说，"我们当信共产主义的原理和阶级革命与无产阶级专政两大原则"，"我认的主义一定是不变了，并且很坚决地要为他宣传奔走。"第三，如何克服困难开展学习。他深知妨碍自己求索的两大不利因素，一是语言，二是经费。对于语言关，他认为无非是两道：一求多读，一求多谈。对于经费问题，鉴于伦敦的生活费用太高，他只好转向消费水平较低的苏格兰首府爱丁堡的大学。后来，鉴于爱丁堡的消费比法国高出许多等缘故，为了节省经费，也为了更好地开展学习、交流思想，他又转赴中国留学生更多的法国，在那里勤工俭学。正是旅欧期间的思想抉择、革命实践和克勤克俭，使周恩来逐步由一个对救国救民真理孜孜以求的海外学子，成长为一个坚定信仰共产主义的革命家。

　　书信是情感真实流露的载体。阅读这封信，最主要的收获是了解周恩来的心路历程，把握他确立共产主义信仰、走上革命道路的思想起点，从中探寻和体会中国共产党人的初心。对信仰的追寻，一旦作出抉择，就要奉行终生。

 阅读
感悟

你会看到我们举过的红旗
飘扬在祖国的蓝天

——夏明翰致母亲陈云凤（1928年3月）品读

✉ 书信原文

你用慈母的心抚育了我的童年，你用优秀古典诗词开拓了我的心田。

爷爷骂我、关我，反动派又将我百般熬煎。亲爱的妈妈，你和他们从来是格格不入的。你只教儿为民除害、为国锄奸。在我和弟弟妹妹投身革命的关键时刻，你给了我们精神上的关心、物质上的支持。

亲爱的妈妈，别难过，别呜咽，别让子规啼血蒙了眼，别用泪水送儿别人间。儿女不见妈妈两鬓白，但相信你会看到我们举过的红旗飘扬在祖国的蓝天！

★ 注释和品读

1. 夏明翰（1900—1928），祖籍湖南衡山县，生于湖北秭归。1917年，出身豪绅家庭的夏明翰违背祖父心愿报考新式学校。五四运动中，响应湖南省学联的号召，声援北京学生反帝反封建的爱国斗争。1920

年秋，到长沙后结识毛泽东，成为毛泽东创办的湖南自修大学的第一批学员。1921年冬，经毛泽东、何叔衡介绍，加入中国共产党。入党后，夏明翰在长沙从事工人运动，参与领导了人力车工人罢工斗争。1924年，担任中共湖南省委委员、农民部长。1927年春，任全国农民协会秘书长兼武汉中央农民运动讲习所秘书长。同年6月，回湖南任省委委员兼组织部部长。八七会议后，参与发动秋收起义。10月，兼任平（江）浏（阳）特委书记。1928年初，被调到湖北工作，任中共湖北省委常委。同年3月18日由于叛徒出卖在武汉被捕。3月20日，在汉口刑场牺牲，年仅28岁。

2.“子规啼血”，语出《史书·蜀王本纪》，常用以形容哀痛之极。传说古代蜀国国王杜宇禅位后，化作一只杜鹃鸟，每年春季叫唤人们“快快布谷”，啼得流出了血，洒在地上，变成杜鹃花。唐代诗人李白在《宣城见杜鹃花》中写道：“蜀国曾闻子规鸟，宣城还见杜鹃花。一叫一回肠一断，三春三月忆三巴。”

这是1928年3月夏明翰在狱中写给母亲陈云凤的信，表达了对母亲的拳拳爱心，体现了甘为革命牺牲生命的崇高精神。同年3月20日，夏明翰被敌人押送到汉口余记里刑场。牺牲前，他写下就义诗：“砍头不要紧，只要主义真。杀了夏明翰，还有后来人。”这首著名诗篇，正气凛然、气壮山河，广为传诵，激励了一代又一代的共产党人。这首诗与他在狱中写给母亲、妻子、姐姐的信，在思想上高度一致。就义诗的思想，是对信的思想的进一步概括和升华。

夏明翰的祖父是晚清的官员，保留有浓厚的封建专制思想。母亲陈云凤，出身于清末官宦家庭，追求真理，博学多才，正直刚毅。她擅长诗书，思想开明，给参加革命的儿女以大力的支持。当夏明翰因投身革命被祖父断绝接济后，她变卖首饰予以支持。在家庭的熏陶和进步思想的引导下，夏明翰带领弟弟妹妹相继走上革命的道路。入狱后，夏明翰写给母亲的这封信，以高度浓缩的笔墨彰显了夏明翰光辉一生的历程，既控诉了对封建专制思想的痛恨，控诉了对反动派的憎恶，也表达了对母亲的拳拳挚爱，表达了头可断、血可流、主义不能丢的坚定信仰，表达了革命必胜的坚定决心。这封信和就义诗，很好地展示了一名优秀共产党员纯洁的党性和忠贞不渝的崇高品质。理想之光不灭，信念之光不灭。我们一定要铭记烈士的遗愿，永志不忘他们为之流血牺牲的伟大理想。

阅读
感悟

请相信这一道路是光明伟大的

——左权致叔父左铭三（1937年9月18日）品读

 书信原文

叔父：

你六月一日的手谕及匡家美君与燕如信均于近日收到，因我近几月来在外东跑西跑，值近日始归。

从你的信中已敬悉一切，短短十余年变化确大，不幸林哥作古，家失柱石，使我悲痛万分。我以己任不能不在外奔走，家中所恃者全系林哥，而今林哥又与世长辞，实使我不安，使我心痛。

叔父！我虽一时不能回家，我牺牲了我的一切幸福，为我的事业来奋斗，请相信这一道路是光明的、伟大的，愿以我的成功的事业，报你与我母亲对我的恩爱，报我林哥对我的培养。

叔父！承提及你我两家重新统一问题，实给我极大的兴奋，我极望早日成功，能使我年高的母亲及我的嫂嫂与侄儿女等，与你家共聚一堂，度些愉快舒适的日子。有蒙垂爱，我不仅不能忘记，自当以一切力量报与之。

卢沟桥事件后，迄今已两个多月了。日本已动员全国力量来灭亡中国。中国政府为自卫应战亦已摆开了阵势，全面的战争已打成了。这一战争必然要持久下去，也只有持久才能取得抗战的胜利。红军已改名为国民革命军，并改编为第八路军，现又改编为第十八集团军。我们的先头部队早已进到抗日的前线，并与日寇接触。后续部队正在继续运送，我今日即在上前线途中。我们将以游击运动战的姿势，出动于敌人之前后左右各个方面，配合友军粉碎日敌的进攻。我军已准备着以最大艰苦斗争来与日军周旋。因为在抗战中，中国的财政经济日益穷困，生产日益低落，在持久的战争中必须能够吃苦，没有坚持的持久艰苦斗争的精神，抗日胜利是无保障的。

　　拟到达目的地后，再告通讯处。专此敬请

福安！

侄　字林
九月十八日晚
于山西之稷山县

两位婶母及棠哥二嫂均此问安。

⭐ 注释和品读

　　1.左权（1905—1942），湖南醴陵人，黄埔军校一期生，是八路军的高级将领，无产阶级革命家、军事家、中国工农红军高级将领。1925年2月加入中国共产党。同年12月赴苏联，先后在莫斯科中山大学、伏龙芝军事学院学习。1930年回国后到中央苏区工作，先后任中国工农红军学校第一分校教育长，新十二军军长，中革军委作战局参谋、副局长，红一军团参谋长。参加了五次反"围剿"作战。1934年10月参加长征，参与指挥强渡大渡河、攻打腊子口等战役。到达陕北后参与指挥直罗镇和东征等战役。1936年5月，任红一军团代理军团长，率部参加了西征和山城堡战役。全国抗战爆发后，担任八路军副参谋长、八路军前方总部参谋长，后兼任八路军第二纵队司令员。1940年8月，参与指挥百团大战。1942 年 5 月 25 日，在山西辽县麻田附近指挥部队掩护中共中央北方局和八路军总部机关突围转移时，于十字岭战斗中壮烈殉国，年仅 37 岁。牺牲后，延安和太行山根据地为其举行追悼会，并改辽县为左权县。

2. 匡家美君，指匡金美，左权的同村朋友。

3. 燕如，左权族中亲友。

4. 林哥，指左育林，左权的大哥。

5. 字林，是左权原名。

6. 棠哥，指左纪棠，左权的二哥。

这是左权 1937 年 9 月 18 日写给叔父左铭三的书信。信中，左权请叔父帮忙照料家人，并介绍了全国抗战的形势，表达了经过持久艰苦斗争必将取得胜利的信念，文中还特别表达了革命道路伟大、光明、正确的思想。信的大意主要有三层：一是交流家事。在大哥去世，家里失去支柱的情况下，左权忍着失去亲人的悲痛继续从事革命事业，由于不能顾家，只能恳请叔父帮助照料家人。二是介绍了全国抗日斗争的形势，抒写了打"持久战"的正确思想认识。谈了军队改编的情况和游击队战斗态势、全国困难的财政局势后，他指出，"这一战争必然要持久下去，也只有持久才能取得抗战的胜利"。三是表达了坚定不移走革命道路的信心和决心。他说："请相信这一道路是光明的、伟大的，愿以我的成功的事业，报你与我母亲对我的恩爱，报我林哥对我的培养。"

1942 年左权牺牲后，全党全军十分悲恸。当时，毛泽东提议，我党领导的所有宣传工具都要大力宣传左权的英雄事迹和革命精神。周恩来称左权是"有理论修养，同时有实践经验的军事家"，"足以为党之模范"。如今，我们阅读左权写的这封信，在回顾其光辉的革命历程、领会他不畏牺牲的革命精神的同时，要学习他革命必胜的坚定信心，学习他舍弃"小家"为"大家"的献身精神。这是共产党人应该具有的情怀。

阅读
感悟

中国只有这一条光明大道

——吴玉章致侄子吴端甫（1944年12月8日）品读

 书信原文

端侄如握：

　　得十月十八日函，知你将家事处理就绪即可来此，至为欣慰，日望能早日见面。林老回，谈及与你畅谈数次，亦望你来襄助，他觉得你对于家事尚无大困难，似乎还有些顾虑。我以为这是你还未深知此间情形及将来的趋势。此间生活是安定而有生气，我认为中国只有这一条光明大道，你一定是相信我的。你学得一专门技能必须用于有用之地，方不负数十年的苦心。你来于公于私都有大益，务希你下大决心，立刻将事务办妥，早日成行为幸。家庭安置在乡僻之区为好，子女能来更好。余俟面谈，即问近好！

　　　　　　　　　　　　　　　　　　　　　　叔　字

　　　　　　　　　　　　　　　　　　　　　　十二月八日

　　大林家兑来一万元已收到，钱存我处。因为他下乡工作未归，未能写信回家，请转告家中，以免悬望。陵及家中未及写信，可转告他们我身体很好勿念。表的发条等件已收到。双双等均好，入科学院学习并参加工厂实习，甚有进步。此间人人是丰衣足食，过着愉快的生活。我家离公路太近不免喧嚣，或者能入深山居住较好。又及。

⭐ 注释和品读

1. 吴玉章 (1878—1966)，原名永珊，四川荣县人。历经戊戌变法、辛亥革命、讨袁战争、北伐战争、抗日战争、解放战争、新中国建设而成为跨世纪的革命老人，与董必武、徐特立、谢觉哉、林伯渠一起被尊称为"延安五老"。吴玉章从参加同盟会到参加中国共产党，从参加孙中山先生领导的旧民主主义革命到参加中国共产党领导的新民主主义革命、社会主义革命，为社会进步、民族解放和社会主义建设、党的事业奋斗一生。是中共六届、七届、八届中央委员。中华人民共和国成立后，被选为第一、二、三届全国人民代表大会常务委员。任中国人民大学校长 17 年，桃李满天下。兼任国务院文字改革委员会主任、全国教育工会主席、中国自然科学普及协会主席等职。

2. 林老，指林伯渠。

3. 大林，指吴大林，吴玉章的侄子。

4. 陵，指吴震寰，吴玉章的儿子。

5. 双双，指吴大兰、吴小兰，吴玉章的外孙女。

这封信是吴玉章写给侄儿的家书，重点教育引导侄儿投身革命事业，更好地发挥技术专长。作为我国杰出的无产阶级革命家、教育家，中国人民大学的创始人，吴玉章不仅自幼立志要"做点有益于人有益于国的事情"，自己在革命生涯奋斗不懈，而且为中国共产党培养造就了一大批优秀的领导干部和专家学者。吴玉章等发起和推动的留法勤工俭学运动，为中国革命和建设培养和造就了一批政治家、革命家、军事家、教育家、科学家。

吴玉章致侄儿的这封信，言简意赅，很好地发挥了教育引导作用。

该信主要有两重意思：其一，说明革命圣地延安的工作和生活富有生机，阐明延安的道路是中国未来发展的正确道路。他说："此间生活是安定而有生气，我认为中国只有这一条光明大道，你一定是相信我的。"其二，说明年轻人要学有所用，知识技能用当其地、用当其时，于国于己都是莫大的好事。他说："你学得一专门技能必须用于有用之地，方不负数十年的苦心。你来于公于私都有大益。"他还鼓励侄儿早日下定决心，尽快来延安。

这封信的内容简要明白，最大的亮点是提出"中国只有这一条光明大道"的正确论断。简单的几句话，介绍延安的生活安定而又富有生机，不容置疑地阐明了中国共产党的领导是中国走出困境、实现振兴的光明大道，吸引侄儿投奔革命圣地。关于专门技能的论述，既务实地谈了学有所用的常识，又扼要地阐明了事业需要人才、人才成就事业的思想。应该说，这是我们党早期的人才理论。这一思想，可以看作"人才强国战略""党管人才"思想的一个源头。

阅读
感悟

对当年建党有关问题的具复

——李达致上海革命历史纪念馆（1954 年 2 月 23 日）

上海革命历史纪念馆负责同志：

接读你馆一月廿二日革字第 0228 号来函，承询当年党中央工作部地址和党第二次代表大会开会地点问题，具复如下：

一、一九二〇年夏季，中国共产党（不是共产主义小组）在上海发起以后，经常地在老渔阳里二号新青年社内开会，到会的人数，包括国际代表威丁斯克（译名吴廷康）在内，约有七八人，讨论的项目是党的工作和工人运动问题（当时在杨树浦组织了一个机器工会）。十一月间，书记陈独秀应孙中山之邀，前往广东做教育厅长，书记的职务交李汉俊代理。不久，威丁斯克也回到莫斯科去了。后来李汉俊因与陈独秀往来通信，谈到党的组织采取中央集权或地方分权问题，两人意见发生冲突（陈主张中央集权，李主张地方分权），愤而辞去代理书记的职务，交由李达代理书记。但党的集会，一直是在老渔阳里二号举行的。

一九二一年七月，党成立代表大会开会以后，成立了中央工作部，推举陈独秀、李达、张国焘组成。陈独秀任书记，李达任宣传主任，张国焘任组织主任（此时所说的组织，是指工人的组织说的）。九月间，陈独秀辞去广东教育厅长，回到上海专任党中央书记，他住在老渔阳里二号（他的家是住在楼上的）。中央工作部只有三人，别无办事人员。三人的聚会很简单，在九月至十一月这三个月内，经常讨论向国际代表马林和尼可洛夫（他们住在英租界）汇报工作的问题。十二月间，马林和尼可洛夫回莫斯科去了。一九二二年一月间，张国焘在北成都路靠街的一座单幢房屋内所成立的中国劳动组合书记部，因为受到英捕房的查询，立即把中国劳动组合书记部的招牌取下，遣散其中的几个办事人员，他自己溜到北京，要邓中夏同志在北京主办中国劳动组合书记部。于是张国焘就到莫斯科去了。这时候，中央工作部，只剩下陈独秀和李达两人。两人聚会很便利，有时在陈独秀寓所商谈，有时在李达寓所商谈。

李达一直住在南成都路辅德里 625 号，他主编《中国共产党》月刊和人民出版社丛书。各地组织的信件都寄到这里，各地同志的接洽也先到这里。陈独秀经常来到这里取阅各项文件。

一九二二年一月下旬，法租界巡捕房到老渔阳里二号把陈独秀捕去了。为了设法营救，我曾通报各地的组织派人到上海来。我记得张太雷同志为了此事，特从北京赶来上海，我们曾电请广州的孙中山设法营救，后来孙中山打了电报给上海法租界的领事，将陈独秀释放了。陈独秀出狱的那一天，我们曾雇了汽车到法国会审公廨去迎接。我记得前一年秋天派往莫斯科的青年团员中，有两三人这时回到了上海，在欢迎陈独秀出来的时候，还曾用俄语唱了国际歌。

陈独秀出狱以后仍住在老渔阳里二号，他被拘留的期间不过二星期，他的寓所并没有党的文件（文件都在辅德里 625 号），所以他在原寓所还住了一个多月。四月间，他一个人曾在南成都路靠马路的住房中，租了楼上一间统厢房住下，我曾去过这地方。他在这里也只住了一个月，五月间，他又搬到上海县地界住下，他的住址并不曾通知我，每隔三五日到我的寓所来处理一些信件。他在上海县地界的寓所，只有一个名叫李启汉的同志知道，因为李启汉在上海县地界无意中遇到了陈独秀，才进到他的寓所去，据说有一个年轻的女子和陈独秀同住着。

从一九二一年七月到一九二二年六月，中央工作部只有三个人，以后只有二个人，此外并无工作人员。只有宣传工作方面雇了一个工人做包装书籍和寄递书籍的工作。中央工作部除了出版《新青年》《共产党》月刊和人民出版社的书籍以外，就是阅看各地组织的文件，并给以适当的指示。中央直辖的上海的党组，党员人数很少，常留上海的当时只有沈雁冰、沈泽民、邵力子、李启汉、李中、高语罕（在平民女校教书，不久也离开上海）等人。而李汉俊、陈望道已经脱离组织了。上海方面的工运，只有杨树浦的机器工会（李中主持）和小沙渡的工人夜校（李启汉主办）。工人运动比较有成绩的地方，是京汉铁路的长辛店，郑州和汉口江岸，其次是长沙、安源、唐山和广州，所以当时的中央工作部的工作是很简单的。

由以上所述看来，我们把第一次代表大会以后成立的中央工作部，确定为老渔阳里二号，是合乎实际的。

二、关于党第二次代表大会开会地点问题，我曾对胡乔木同志说过，开会地点是在上海，不在西湖。听说中央方面已经改进了。第二次代表大会（到会代表约十五六人），一共开了三天的大会，是在英租界南成都路附近的三处地方举行的。第一天大会是在南成都路辅德里625号举行的，第二、第三两天的大会，是分别在另一个地方举行的，里街和门牌号码我记不得了，但都在英租界，这是千真万确的。分组讨论时，我和蔡和森同志、张国焘三人同属于一个小组，我是召集人，这小组会是在辅德里625号开会的。我还记得，这次小组开会所作的结论，张国焘同意的，但是等到把小组讨论的结论向大会汇报时，张国焘忽就对我们的结论提出批评。我当时质问张国焘说：我们小组的结论，是你同意了的，为什么在大会上提出批评呢？他答说："那天小组讨论时，我不曾细想过。"张国焘阴谋诡诈，我对他很不满，他所以借这个机会在大会上打击我。"打倒你，我起来"，这是他的秘诀。他以后叛党做特务，就从这个时候发芽的。我从第一次代表大会的时候起，早已确定他是一个坏蛋。

结论是：党的第二次代表大会，确实是在上海召开的。

三、以上两个问题，是我对党负责的答复。此外还值得一提的，是最初创办的社会主义青年团的地址，即新渔阳里六号二上二下的房子，是可以纪念的。一九二〇年夏间，内地有许多青年脱离了家庭，离开了学校，去到上海找《新青年》社的陈独秀和《民国日报》觉悟栏编者邵力子。党在上海发起以后，决定成立社会主义青年团，并租定新渔阳里六号作为容纳那些青年的处所，并介绍他们加入社会主义青年团（简称S.Y.），派俞秀松同志（党的发起人之一）负责主持。这些青年大约有二十人（罗亦农同志在内，他当时叫罗觉）。在这幢房子外，还挂上了"外国语学社"的招牌，请国际代表威丁斯克的夫人教俄文。我当时曾在那里学习过（只学了俄文字母）。

一九二一年七月党成立代表大会以后，曾选派十来名团员送往莫斯科（俞秀松同志、罗亦农同志都去了），另外有些团员回到内地工作去了，新渔阳里六号的房子才退租。我想，现在的新民主主义青年团，是可以要这个房子做纪念的。

还有，辅德里625号的房子，作为人民出版社的纪念馆，似乎也是可以的。

以上是就我的记忆所及写出来的，但都是真实的。嗣后，同志们如发现了新的问题，请以见告，我当就我所知的具复。专致

敬礼。

李达　一九五四年二月廿三日

注　释

1. 李达（1890—1966），湖南零陵人，中共一大代表，1920年参加上海共产主义小组，主编《共产党》月刊。曾任湖南大学、武汉大学校长，中国哲学学会会长、中共八大代表等职。

2.这封信是1954年2月23日李达给上海革命历史纪念馆筹备处的复信。该信曾以"关于中国共产党建立的几个问题"为题，摘要发表于中国社会科学院现代史研究室、中国革命博物馆党史研究室选编的《"一大"前后——中国共产党第一次代表大会前后资料选编（二）》。

3.威丁斯克即魏金斯基。

4.党的"一大"后成立了中央局。李达这里讲的中央工作部，似即中央局。

5.《中国共产党》月刊，应为《共产党》月刊。

（选自汪信砚主编：《李达全集》，人民出版社2016年12月出版）

对一大二大参会代表和召开时间等有关事宜的逐条答复

——李达致中央档案馆（1959年9月）

中央档案馆办公室负责同志：

你室八月八日写来的信，早已由武汉转来了，因我在病中，没有及时答复，很抱歉！

现在就所能记忆的，逐条答复如下：

一、一大代表人数是十二人，为上海李汉俊、李达，北京张国焘、刘仁静，济南王烬美、邓恩铭，武汉董必武、陈潭秋，长沙毛泽东、何叔衡，广东陈公博，东京周佛海，共十二人。第三国际代表：马林和尼可洛夫。包惠僧不是代表，是列席的（因他当时也到了上海，住在上海代表寓所）。

二、一大选举陈独秀为书记，张国焘为组织（工会的）主任，李达为宣传主任，组成了中央工作部。当时陈独秀在广东，没有回到上海，在他回上海以前推周佛海代理书记。

此外，并没有推选杨明斋和刘仁静为宣传部副部长，也没有选举周佛海、李大钊等为候补委员，当时并没有中央委员会、委员及候补委员等名称。

苏联中央档案中关于一大的材料，是不确实的。

三、一大没有通过党纲和党章，只通过一个中国共产党第一次代表大会宣言，还通过了很简单的工人运动计划和宣传计划。

此外，也曾讨论共产党是否加入资产阶级国会的问题，没有作出决定。

这些文件，以后都交给了陈独秀，没有下文。

四、一大以前，在上海所发起的是中国共产党，并不是共产主义小组，上海共产党的发起组，只选了书记一人，由陈独秀担任，曾起草了一个中国共产党简章草案，并没有组织别的什么机构，也没有组织临时中央。发起之后，分别通知北京李大钊在北京组党；李汉俊在武汉组党；毛泽东在长沙组党；谭平山在广州组党；施存统在东京组党；王乐平在济南组党（王乐平本人不愿参加，只通知其弟王烬美发起组织）。截至一九二一年五月为止，共有七个发起组织，名称都叫中国共产党。又当时由陈独秀通知巴黎的朋友组织中国共产党，但当时并没有联系，故一大开会没有代表出席。可以说上海是第一个发起组，但各地发起组不能称为支部。所谓上海成立临时中央及各地成立支部之说，不确。

一九二〇年十一月七日创刊的秘密刊物就叫共产党月刊，就是证据。

一大到二大期间，国内就只有上海、广州等六地有党的组织。此外，由组织派送莫斯科学习的青年团员，他们在莫斯科入党，组织了党组织。

五、一大开会的具体时间，是七月一日。

六、二大开会时，各地党员人数有增加，约八十人左右，开会时间是一九二二年六月下旬，大约开了一个星期，开会地点在上海，第一次会议在上海南成都路辅德里625号。第二次代表大会的宣言，是七月一日印的，中央宣传部党史资料室曾有一本。

七、二大代表，共有十五六人。代表的具体名单，我记不得了。我所记得的有陈独秀、张国焘、蔡和森、我。但确实记得，毛泽东、谭平山、杨明斋没有参加。

八、二大选出的中央委员是几人，我已忘记。苏联档案中，关于二大第一届中委的名单，不可靠。但我确实记得：毛泽东、李大钊、李达、夏曦、李汉俊（二大闭幕后他已脱党），都不是中央委员。二大闭幕后，我本人即应毛泽东同志（之约）到长沙去办自修大学去了，因而当时中央委员是哪些人，如何分工的，均记不得了。

1959 年 9 月

（选自汪信砚主编:《李达全集》，人民出版社
2016 年 12 月出版）

二、为中国人民谋幸福的宗旨意识

　　坚持不忘初心、继续前进，就要坚信党的根基在人民、党的力量在人民，坚持一切为了人民、一切依靠人民，充分发挥广大人民群众积极性、主动性、创造性，不断把为人民造福事业推向前进。

要救中国最大多数的劳苦群众

——俞秀松致父亲俞韵琴等（1923 年 1 月 10 日）品读

 书信原文

父母亲：

十二月十六日寄来的信，于二十二日收到。军官讲习所大约不办了，因为广州现在内部非常纷乱，滇军桂军已集中肇庆，所以我们也积极准备进行，直驱羊城当非难事。我现在的职务是关于军事上的电报等事，对于军事知识很可得到。并且现在我自己正浏览各种军事书籍，将来也很足慰父亲的希望罢。父亲，我的志愿早已决定了：我之决志进军队是由于目睹各处工人被军阀无理的压迫，我要救中国最大多数的劳苦群众，我不能不首先打倒劳苦群众的仇敌——其实是全中国人的仇敌——便是军阀。进军队学军事知识，就是打倒军阀的准备工作。这里面的同事大都抱着升官的目的，他们常常以此告人，再无别种抱负了！做官是现在人所最羡慕最希望的，其实做官是现在最容易的事，然而中国的国事便断送在这般人的手中！我将要率同我们最神圣最勇敢的赤卫军扫除这般祸国殃民的国妖！做官？我永不曾有这个念头！父亲也不致有这种希望于我吧。

我现在的身体比到此的时候更好了，每天起居饮食比上海更有秩序而且安宁。我自己极快乐，我的身体这样康强，精神上也颇觉自慰。我是最重视身体的人，知道身体不好是人生一桩最苦楚的事，社会上什么事更不用说干了。这一点尽可请父母亲放心。

家中现在如何？我很记念。我所最挂心着还是这些弟妹不能个个受良好的教育，使好好一个人不能养成社会上有用的人——更想到比我弟妹的命运更不好的青年们，我们不能不诅咒现在的制度杀人之残惨了！我在最近的将来恐还不能帮助家中什么，这实在没法想呢。请你们暂且恕我，我将必定要总报答我最可爱的人类！我好，祝我父亲、母亲和一切都好！

秀 松

中华民国十二年一月十日

于福州布司埕

⭐ 注释和品读

1. 俞秀松（1899—1939），又名余寅初，浙江诸暨人。五四运动时是杭州学生运动领袖。1920 年春参加上海马克思主义研究会，同年 8 月加入中国共产党。1922 年，受命在杭州组建共青团。同年 8 月，以个人名义加入中国国民党，赴福州参加孙中山领导的北伐军，讨伐陈炯明。1925 年率领中共中央选派的 103 人赴莫斯科中山大学学习。1935 年受苏共派遣支援新疆，出任"省立一中"校长和新疆学院院长，并担任反帝联合总会秘书长。后被诬为托派，1938 年苏联进行肃反，将俞秀松押回莫斯科，次年被枪毙。1962 年 5 月 15 日，被追认为烈士。

2. 滇军桂军已集中肇庆一句，指的是陈炯明在广州发动叛乱后，孙中山取得滇军杨希闵部、桂军刘震寰部支持，准备收复广州。1923 年 1 月，滇军、桂军在肇庆集中，即将进攻广州。

　　这是俞秀松 1923 年 1 月 10 日写给父母的一封信，汇报自己决意从事军事斗争的打算，表达了打倒军阀、解救人民的崇高理想。信的内容主要有三层意思：一是介绍近况。他告诉父亲，自己参与孙中山组织的军事收复广州行动，随滇军桂军已集中在肇庆，职责是接发军事电报。这个工作有利于学习军事知识。二是表达自己的志向。俞秀松告诉父亲，自己的志向是"救中国最大多数的劳苦群众"，而解救劳苦群众的当务之急，则是打倒军阀。因此，他立志进军队学习军事知识，为打倒军阀作准备。同时，他明确说，做官是当时人们的最大抱负，但自己不追求做官，而是要率同我们最神圣最勇敢的赤卫军扫除这般祸国殃民的国妖！三是交流了一些家常，宽慰父母，问候弟妹。

　　俞秀松是早期的中国共产党员，很早就参加了党的工作和中华民族的解放事业。在这封写于 1923 年 1 月的信中，俞秀松鲜明而又坚决地表达了自己的初心——"要救中国最大多数的劳苦群众"。这是那个时候的时代强音，也是一代代中国共产党人的共同追求。今天，我们坚持为中国人民谋幸福、为中华民族谋复兴的初心和使命，正是对解救中国最大多数劳苦群众革命追求的继承和发展。

 阅读
感悟

救人民于涂炭
拼死力与国际帝国主义者相反抗

——关向应致叔父关成顺（1924年）品读

 书信原文

叔父尊前：

谕书敬读矣。寄家中的信之可疑耶？固不待言，在侄写信时已料及，家中必为之疑异，怎奈以事所迫，不得不然啊！侄之入上海大学之事，乃系确实，至于经济问题，在未离连以前，已归定矣，焉能一再冒昧？当侄之抵沪，为五月中旬，六月一日校中即放假，况且侄之至沪，虽系读书，还有一半的工作，暑假之不能住宿舍耶，可明了矣。至于暑假所住之处，乃系一机关，尤其是秘密机关，故不姿意往还信件，所谓住址未定，乃不得已耳。

至侄之一切行迹，叔父可知一二，故不赘述。在此暑假中，除工作外，百方谋划，始得官费赴俄留学，此亦幸事耶。侄此次之去俄，意定六年返国，在俄纯读书四年，以涵养学识之不足，余二年，则作实际练习，入赤俄军队中，实际练习军事学识。至不能绕道归家一事，此亦憾事。奈事系团体，同行者四五人，故不能如一人之自由也，遂同乘船车北上，及至奉天、哈尔滨等处，必继续与家中去信，抵俄后若通信便利，必时时报告状况，以释家中之念。

侄此次之出也，族中邻里之冷言嘲词，十六世纪以前的人，所不能免的。家中之忧愤，亦意中事。"儿行千里母担忧"之措词，形容父母之念儿女之情至矣尽矣，非侄之不能领悟斯意，以慰父母之暮年，而享天伦之乐，奈国将不国、民将不民何？"天下兴亡，匹夫有责"，爰本斯义，愿终身奔波，竭能力于万一，救人民于涂炭，牺牲家庭，拼死力与国际帝国主义者相反抗。此侄素日所抱负，亦侄唯一之人生观也。

以上的话并非精神病者之言，久处于(……，原文此处若干字被涂抹。旁注有：这一段不能明写，领会吧！)出外后之回想，真不堪言矣，周围的空气，俱是侵略色彩，黯淡而无光的，所见之一切事情，无异如坐井观天，最不堪言的事，叔父是知道的，就是教育界的黑暗，竟将我堂堂中华大好子弟，牺牲于无辜之下，言之痛心疾首！以上是根据侄所受之教育，来与内地人比较的观察，所发的慨语！叔父是久历教育界的，并深痛我乡教育之失败，也曾来内地视察过，当不至以侄言为过吧。

临了，还要敬告于叔父之前者，即是：侄现在已彻底的觉悟了，然侄之所谓之觉悟，并不是消极的，是积极的；不是谈恋爱，讲浪漫主义的……是有主义的，有革命精神的。肃此，并叩
金安

侄向应　禀
（改名向应）

成顺叔父尊前：
代看完交成羽叔父，肃此敬请
金安
家中还恳请
叔父婉转解释以释念

⭐ 注释和品读

1. 关向应（1902—1946），满族，辽宁大连人。1924 年春参加中国社会主义青年团，1925 年 1 月转为中国共产党党员。1924 年年底，赴苏联入莫斯科东方劳动者共产主义大学学习。回国后主要从事工人运动和共产主义青年团工作。1928 年 7 月当选为中共中央政治局候补委员，并担任共青团中央委员会书记。1930 年调中央军委和长江局工作，曾任中共中央军委常委、书记，中共中央政治局委员、中共中央长江局军委书记等职。1932 年 1 月被派往湘鄂西革命根据地，曾任中共中央湘鄂西分局委员、湘鄂西军事委员会主席、中国工农红军第三军政治委员、中共中央西北局委员、红二军团政治委员。1935 年 11 月，同贺龙、任弼时等指挥红二、红六军团长征。抗日战争爆发后，曾任八路军第一二〇师政治委员。参与创建晋西北抗日根据地。1940 年 2 月起任晋西北军区政治委员、晋绥军区和陕甘宁晋绥联防军政治委员、中共中央晋绥分局书记。第六、第七届中央委员，第六届中央政治局候补委员、委员。1946 年 7 月 21 日在延安病逝。

2. 连，指大连。

3. 1925 年五卅运动爆发后，关向应被调回国工作，在苏联留学时间只有半年多。

4. 奉天，指辽宁省沈阳市。

5. 关向应，原名关致祥。

这是关向应 1924 年赴苏联学习前写给叔父关成顺的一封信，谈了自己的近况，介绍了赴苏学习的计划，同时明确表达了自己救国救民的人生观和政治追求。

该信主要有四层意思。其一，介绍自己在上海半工半读的生活，提到暑期工作的机密性质。其二，报告下一步赴俄学习的计划。他谈到，计划在俄居留六年，学习四年，在红军实习两年，意在练习军事知识。其三，畅谈人生观。他说，"天下兴亡，匹夫有责"，在国将不国、民将不民的形势下，为救人民于涂炭，只有牺牲家庭，拼死力与国际帝国主义者相反抗。其四，点到即止谈了自己的政治信仰。他说："侄现在已彻底的觉悟了，然侄之所谓之觉悟，并不是消极的，是积极的；不是谈恋爱，讲浪漫主义的……是有主义的，有革命精神的。"这里说的主义，就是马克思主义。

关向应是我党我军卓越的政治工作领导者和优秀军事指挥员。在长期的戎马征战中，关向应积劳成疾。但他始终忍受着病痛，以惊人的毅力带病在艰险的战争环境中拼力工作，为了中华民族的解放事业奋斗不息。在短暂而辉煌的一生中，他为中国人民的解放事业建立了不朽的功勋。毛泽东赞颂他"忠心耿耿，为党为国"。关向应的这封信，点睛之笔在于鲜明阐述自己唯一之人生观："愿终身奔波，竭能力于万一，救人民于涂炭，牺牲家庭，拼死力与国际帝国主义者相反抗。"这是当时年仅 22 岁的关向应救国救民、抵抗外侮的初心。从此，这个初心，激励着他为党的事业兢兢业业，直至鞠躬尽瘁。

阅读
感悟

为人民服务已成终身职业

——罗荣桓致女儿罗玉英（1949年12月7日）品读

 **书信原文**

玉英：

　　你已生育，又获一男孩，甚喜。

　　你明年可同德定、爱英等一路来京，但你还须考虑，初次出门，作长途旅行，而带一未满周岁之婴儿，是否可行？望先征求你翁姑之意见后，才作决定。

　　你爸爸廿余年来，是在为人民服务，已成终身职业，而不会如你所想的，是在作官，更没有财可发。你爸爸的生活，除享受国家规定之待遇外，一无私有。你弟妹们的上学，是由国家直接供给，不要我负担，我亦无法负担，因此陈卓等来此，也只能帮助其送入学校，不能对我有其他任何依靠。

　　今乘你二伯由京返里之便，寄给一点小孩用的东西，及你用的布料、毛衣。

　　即此。祝你的健康。

罗　荣　桓
十二月七日

桂英给我的信收到，请代转问候。

⭐ 注释和品读

1. 罗荣桓（1902—1963），湖南衡山人。1927 年 4 月到武昌中山大学理学院就读。1927 年加入中国共产主义青年团，同年转为中国共产党党员。参加了湘赣边界秋收起义，后随部队进入井冈山，先后任中国工农革命军团参谋、特务连党代表，中国工农红军连、营党代表，红四军政治委员，红一军团政治部主任，江西军区总指挥部政治部主任、红军总政治部巡视员、武装动员部部长，红八军团政治部主任，红一军团政治部副主任，中国工农红军后方司令部政治部主任、红一军团政治部主任等职。1934 年 10 月参加了长征。抗日战争时期，历任八路军一一五师政治部主任、政治委员，山东军区司令员兼政治委员，中共中央山东分局书记、解放战争时期，历任东北民主联军副政治委员，东北军区副政治委员，东北野战军政治委员，第四野战军政治委员，中共中央华中局第二书记，华中军区（后为中南军区）政治委员。新中国成立后，历任最高人民检察署检察长，中国人民解放军总政治部主任兼总干部管理部部长，人民革命军事委员会副主席，解放军政治学院院长，解放军总政治部主任、解放军监察委员会书记。第一、第二届全国人大常委会副委员长，中共第八届中央政治局委员。1955 年被授予元帅军衔。1963 年 12 月 16 日逝世。

2. 德定，指罗德定，罗荣桓的侄子。爱英，指罗爱英，罗荣桓的侄女。

3. 陈卓，罗玉英的丈夫。

4. 二伯，指罗晏清，罗荣桓的哥哥。

5. 桂英，指罗桂英，罗荣桓的侄女。

这是罗荣桓 1949 年 12 月 7 日写给女儿罗玉英的一封信，谈了自己的政治态度和生活处境，同时劝诫女儿不要抱有搞特殊照顾的思想。

这封信言简意赅，大意有三层。一是交流女儿携带未满一岁婴儿长途跋涉赴京的可行性。二是表达自己把为人民服务作为终身职业的政治态度，同时批评女儿以为父亲做官发财的错误认识。三是明确说明不能给予女儿女婿额外照顾的思想。写这封信时，新中国刚刚成立，不少革命元勋的亲属亲戚都有到北平（北京）谋求差事、谋求照顾的想法。罗荣桓作为党的高级领导和解放军的高级将领，恪守"为人民服务，已成终身职业"的人生信条，固守住了中国共产党人的初心。他既关心关爱亲人，亲切问候，仔细商量，力所能及地寄送布料、毛衣，又坚持原则不予额外照顾。在革命胜利初期，正因为广大领导干部能够按照党中央的要求谦虚谨慎、戒骄戒躁，始终恪守救国救民、振兴中华的初心，我们党才能顺利踏上社会主义建设的新征程。

"走得再远都不能忘记来时的路"，"走得再远、走到再光辉的未来，也不能忘记走过的过去，不能忘记为什么出发"。学习罗荣桓的这封信，需要记取的，恰恰就是这种不因胜利而改变初心的高贵品质。唯有初心不改，才能胜不骄败不馁，担负起新时代赋予的新使命。

 阅读
感悟

以兄弟般的情谊对待人民教育人民

——吴玉章致侄子林宇（1952 年）

林侄：

　　收到你的信后久未回信，因事稍忙。你现任富顺县长职，事情更繁多，要独立工作，就要更全面地考虑问题。依靠党，相信群众，好好地执行政府法令，诚心诚意为人民服务，随时注意人民疾苦，使人民各得其所，发挥人民的智慧，以兄弟般的情谊对待人民，教育人民。乡间封建思想还很浓厚，尤其婚姻问题的旧习惯一时还改不过来，司法人员不遵行婚姻法，以致现在全国为婚姻而死亡的不少，这是要特别注意的。北京近来常演《梁山伯、祝英台》《小女婿》《小二黑结婚》等戏，政府再三命令切实执行婚姻法，而顽固分子常常阻挠，我们必须进行斗争来改正风气。有关农村生产经验及合作社互助组等方面的书刊，即由我现在的秘书钟涵同志常常为你收集寄去。《人民日报》《光明日报》《北京日报》每天都有很多好材料。我曾为你订了几个月《人民日报》，收到否？重庆《新华日报》及地方报纸想也都常有这类文章、报告的登载，只要天天看报就能得到很多经验教训。你要有广播收音机，每天要听广播，并要作宣传，我们现在有一日千里的进步，必须时时留心时事。近来我身体很好，体重增加很多，身上比以前有肉了。乐毅已入本校专修科合作社班学习，性情已大有改善，本蓉已入保育院，他们都很好。淑芳写信来问，说很久没有接到她父亲的信，我想写信告诉她一点使她安心。这小孩还聪明，她说要争取入团，在培德中学学习也很好，要好好培养她。现在这些青年是很可宝贵的，只要我们大力培养他们，三五年后我国有很多新青年，从此一定能成为富强的大国。你说你母亲生活很困难，用吴保秀名现寄给你三十万元作她急需之用。四嫂的生活如何，我常常担心，四姐住在城里，其卫也结婚了，我好久没有接到他们的信了。端甫常有信来，鞍山的大规模建设使他很感动，大有进步。你有空时就写信告诉我一切。

　　问你近好。

叔玉　草

注　释

　　1.乐毅，指蔡乐毅，吴玉章的儿媳。

　　2.本蓉，指吴本蓉，吴玉章的孙子。

　　3.淑芳，指吴淑芳，吴玉章侄孙吴本熙的女儿。

　　4.吴保秀，当时是吴玉章的警卫员。

　　5.三十万元，用的是当时大额货币。当时流通的人民币面额比较大，中国人民银行1955年3月1日发行新人民币后，规定新币一元等于旧币一万元。

　　6.四嫂，指林宇的堂嫂，吴玉章侄子吴鸣和的妻子。

　　7.四姐，指吴惠修，吴玉章的女儿。

　　8.其卫，指蓝其卫，吴玉章的外孙。

　　9.端甫，指吴端甫，又名吴大璋，吴玉章的侄子。当时在鞍山钢铁公司任技术处副处长兼炼铁总工程师。

同群众看齐同吃同卧同劳动

——朱德致儿子朱琦（1965 年 4 月 9 日）

朱琦：

　　你的来信收到。你这次蹲点的经验，是正确的，作为改变你的思想和工作方法有很大益处。你过去的思想是封建和资本主义的思想交叉的，总是想向上超，越走越不通，屡说也不改。这是你混过了你的宝贵时间。现在去蹲点，同群众看齐同吃同卧同劳动，深入了群众中去，就真正会了解社会主义如何建设，如何完成，就会想出很多办法，同群众一起创造出许多新的办法，推向前进。你们铁道部门是接管的企业，过去的旧框框没有打烂，又学苏联的新框框，就是迷失社会主义创造性的一条。现在在毛主席的辩证唯物主义的指导下，敢于创造出社会主义新类型，来改正铁道交通的新方法，是成功的。三结合的方法，主要的还是群众。社会主义教育在全国均

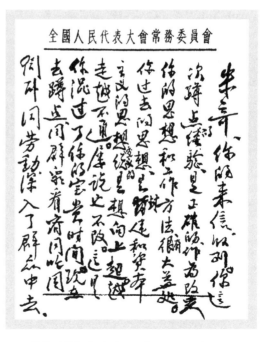

朱德致儿子朱琦（1965 年 4 月 9 日）—1

41

有很大进步，望你再去蹲点。今后工作要求在现场工作，使你更进步才不会掉队。

朱　德

一九六五年四月九日

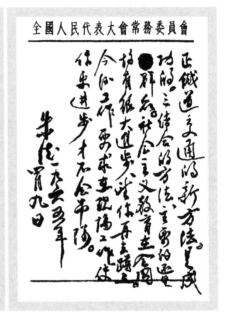

朱德致儿子朱琦（1965年4月9日）—2　　朱德致儿子朱琦（1965年4月9日）—3

注　释

1.朱奇，即朱琦。

2.三结合，指在企业管理和科学技术工作中实行的干部、工人、技术人员三结合。

三、为中华民族谋复兴的爱国情怀

全党同志必须坚持全心全意为人民服务的根本宗旨，不断带领人民创造更加幸福美好的生活；牢记共产主义远大理想，坚定中国特色社会主义共同理想，一步一个脚印向着美好未来和最高理想前进；始终保持谦虚谨慎、不骄不躁的作风，不畏艰难、不怕牺牲，为实现"两个一百年"奋斗目标、实现中华民族伟大复兴的中国梦而不懈奋斗。

生是为中国　死是为中国

——刘伯坚致妻嫂凤笙等（1935 年 3 月 16 日）品读

 书信原文

凤笙大嫂并转五六诸兄嫂：

本月初在唐村写寄给你们的信、绝命词及给虎豹熊诸幼儿的遗嘱，由大庾县邮局寄出，不知已否收到？

弟不意现在尚在人间，被押在大庾粤军第一军军部，以后结果怎样，尚不可知，弟准备牺牲，生是为中国，死是为中国，一切听之而已。

现有两事需要告诉你们，请注意！

一、你们接我前信后必然要悲恸异常，必然要想方法来营救我，这对于我都不需要。你们千万不要去找于先生及邓宝珊兄来营救我，于、邓虽然同我个人的感情好，我在国外，叔振在沪时还承他们殷殷照顾并关注我不要在革命中犯危险，但我为中国民族争生存争解放与他们走的道路不同。在沪晤面时邓对我表同情，于说我做的事情太早。我为救中国而犯危险遭损害，不需要找他们来营救我帮助我使他们为难。我自己甘心忍受，尤其要把这件小事秘密起来，不要在北方张扬。这对于我丝毫没有好处，而只是对我增加无限的侮辱，丧失革命的人格，至要至嘱（知道的人多了就非常不好）。

二、熊儿生后一月即寄养福建新泉芷溪黄荫胡家，豹儿今年寄养在往来瑞金、会昌、雩都、赣州这一条河的一支商船上，有一吉安人罗高，二十余岁，裁缝出身，携带豹儿。船老板是瑞金武阳围的人叫赖宏达，有五十多岁，撑了几十年的船，人很老实，赣州的商人多半认识他，他的老板娘叫郭贱姑，他的儿子叫赖连章（记不清楚了），媳妇叫做梁招娣，他们一家人都很爱豹儿，故我寄交他们抚育，因我无钱只给了几个月的生活费，你们今年以内派人去找着还不至于饿死。

我为中国革命没有一文钱的私产，三个幼儿的养育都要累着诸兄嫂，我四川的家听说久已破产又被抄没过，人口死亡殆尽，我已八年不通信了。为着中国民族就为不了家和个人，诸兄嫂明达当能了解，不致说弟这一生穷苦，是没有用处。

诸儿受高小教育至十八岁后即入工厂做工，非到有自给的能力不要结婚，到三十岁结婚亦不为迟，以免早生子女自累累人。

叔振仍在闽，已两月余不通信了，祝诸兄嫂近好！

弟　伯坚
三月十六于江西大庾

⭐ **注释和品读**

1. 刘伯坚（1895—1935），四川平昌人。1920 年赴法勤工俭学，1921 年与周恩来、赵世炎等发起组织旅欧中国少年共产党，1922 年转为中国共产党党员，曾任中共旅欧总支部书记。1923 年，进入莫斯科东方大学学习，为中共旅莫支部和旅莫共青团负责人。1926 年回国，在冯玉祥部任政治部部长。离开冯部后，任中共湖北省委组织部部长，江苏省委常委、宣传部部长。1928 年，再次被派往苏联学习军事，并出席了中共第六次全国代表大会。1930 年回国到中央苏区，任中央军事政治学校政治部主任、中央军委秘书长，曾当选为中华苏维埃中央执行委员，参加了中央革命根据地历次反"围剿"斗争。1934年10月中央红军长征后，刘伯坚奉命留在苏区坚持斗争，任赣南军区政治部主任。1935年3月，率部队突围时不幸负伤被捕。21日，在江西省大庾县（今大余）牺牲。

2.虎豹熊，指刘虎生、刘豹生、刘熊生，刘伯坚的儿子。

3.于先生，指于右任。

4.叔振，指刘伯坚的妻子王叔振。

刘伯坚是我们党创立初期就加入组织的党员，自入党后始终秉承初心，以解放工农群众为毕生使命，为党的事业出生入死，直至英勇就义。这封信是他临刑五天前写给亲人的家书，信中谈了自己舍生取义的信念，交代儿子的下落，请求亲人找回孩子帮助抚育。刘伯坚用简单一句话，"生是为中国，死是为中国，一切听之而已"，表达了为民族得解放视死如归的坚定信念。他甚至反对亲人为拯救他而去求助于不同政治信仰的故人，以免让这些人为难。在他看来，请求不同信仰的人来拯救，本身是一种侮辱。信中详细交代了儿子"熊儿""豹儿"的下落，恳请亲人找回孩子，并帮助养育。信末，申明自己"为着中国民族就为不了家和个人"，请求兄嫂理解。这是一封写给亲人的遗书。铿锵有力的表达，掷地有声的声明，充分体现了刘伯坚在革命原则问题上毫不妥协的政治信念。在同一时期，他在狱中还写下了著名的《带镣行》："带镣长街行，蹒跚复蹒跚，市人争瞩目，我心无愧怍。带镣长街行，镣声何铿锵，市人皆惊讶，我心自安详。带镣长街行，志气愈轩昂，拼作阶下囚，工农齐解放。"为了实现工农齐解放的夙愿，刘伯坚舍弃了至爱的亲人、舍弃了宝贵的生命，用鲜血书写了"生是为中国、死是为中国"的光辉人生。

阅读感悟

可爱的中国（节选）

——方志敏致亲爱的朋友们（1935年5月2日）品读

亲爱的朋友们：

　　我终于被俘入狱了。

　　关于我被俘入狱的情形，你们在报纸上可以看到，知道大概，我不必说了。我在被俘以后，经过绳子的绑缚，经过钉上粗重的脚镣，经过无数次的拍照，经过装甲车的押解，经过几次群众会上活的示众，以至关入笼子里，这些都像放映电影一般，一幕一幕地过去了！我不愿再去回忆那些过去的事情，回忆，只能增加我不堪的羞愧和苦恼！我也不愿将我在狱中的生活告诉你们。朋友，无论谁入了狱，都得感到愁苦和屈辱，我当然更甚，所以不能告诉你们一点什么好的新闻。我今天想告诉你们的却是另外一个比较紧要的问题，即是关于爱护中国，拯救中国的问题，你们或者高兴听一听我讲这个问题罢。

　　……

　　朋友！中国是生育我们的母亲。你们觉得这位母亲可爱吗？我想你们是和我一样的见解，都觉得这位母亲是蛮可爱蛮可爱的。以言气候，中国处于温带，不十分热，也不十分冷，好像我们母亲的体温，不高不低，最适宜于孩儿们的偎依。以言国土，中国土地广大，纵横万数千里，好像我们的母亲是一个身体魁大、胸宽背阔的妇人，不像日本姑娘那样苗条瘦小。中国许多有名的崇山大岭，长江巨河，以及大小湖泊，岂不象征着我们母亲丰满坚实的肥肤上之健美的肉纹和肉窝？中国土地的生产力是无限的；地底蕴藏着未开发的宝藏也是无限的；废置而未曾利用起来的天然力，更是无限的，这又岂不象征着我们的母亲，保有着无穷的乳汁，无穷的力量，以养育她四万万的孩儿？我想世界上再没有比她养得更多的孩子的母亲吧。至于说于中国天然风景的美丽，我可以说，不但是雄巍的峨眉，妩媚的西湖，幽雅的雁荡，与夫"秀丽甲天下"的桂林山水，可以傲睨一世，令人称羡；其实中国是无地不美，到处皆景，自城市以至乡村，一山一水，一丘一壑，只要稍加修饰和培植，都可以成流连难舍的胜景；这好像我们的母亲，她是一个天姿玉质的美人，她的身体的每一部分，都有令人爱慕之美。中国海岸线之长而且弯曲，照现代艺术家说来，这象征我们母亲富有曲线美吧。咳！母亲！美丽的母亲，可爱的母亲，只因你受着人家的压榨和剥削，弄成贫穷已极；不但不能买一件新的好看的衣服，把你自己装饰起来；甚至不能买块香皂将你全身洗擦洗擦，以致现出怪难看的一种憔悴褴褛和污秽不洁的形容来！啊！我们的母亲太可怜了，一个天生的丽人，现在却变成叫花的婆子！站在欧洲、美洲各位华贵的太太面前，固然是深愧不如，就是站在那日本小姑娘面前，也自惭形秽得很呢！

听着！朋友！母亲躲到一边去哭泣了，哭得伤心得很呀！她似乎在骂着："难道我四万万的孩子，都是白生了吗？难道他们真像着了魔的狮子，一天到晚地睡着不醒吗？难道他们不知道自己伟大的团结力量，去与残害母亲、剥削母亲的敌人斗争吗？难道他们不想将母亲从敌人手里救出来，把母亲也装饰起来，成为世界上一个最出色、最美丽、最令人尊敬的母亲吗？"朋友，听到没有母亲哀痛的哭吗？是的，是的，母亲骂得对，十分对！我们不能怪母亲好哭，只怪得我们之中出了败类，自己压制自己，眼睁睁地望着我们这位挺慈祥美丽的母亲，受着许多无谓的屈辱和残暴的蹂躏！这真是我们做孩子们的不是了，简直连一位母

方志敏致亲爱的朋友们（1935 年 5 月 2 日）—1

方志敏致亲爱的朋友们（1935 年 5 月 2 日）—2

以地势来说，中国是怎样一个美丽可爱而庄严伟大的国家呀！但是，亲爱的朋友，我们

却因为这一次受到了利诱，就甘心去当奴隶，使我们中国民族解放着

……使很快的中国民族解放着

解放！我能不行情于……索放你！

× × ×

朋友，中国是生育我们的母亲，你们觉得这位母亲可爱吗？住母亲？

爱吗？我想你们没有一个不爱我们这样可爱的母亲的，都觉得这位母亲于温蒂，不十分慈爱

重可爱的真可爱的……好像我们的母亲似的体温，十分慈爱，通宣于孩子们的

不十分好像我们的母亲似的体温……最通宣于孩子们的

温柔。以言国土：中国土地之广，继横万数千里，好像我们的母亲

方志敏致亲爱的朋友们（1935年5月2日）—3

是一个身体充魁大的，胸膛宽广的妇人，不像日本姑娘那样矮小

娇小，中国许多年来有点憔悴，在正在江东以及大小姑泊生和

象征着中国的母亲……实的肌肤……着丰南亲竹宝藏

中国土地的生产力是无穷无尽的，地底蕴藏着丰南亲竹宝藏

世上哪一个不爱自己的生命，保有着安宁的乱计足家

这么美丽的国家，直而无穷利用起来的主要力量之无穷限的

努力来……救着我们的母亲，保有着安宁的生计足家

浮云总有遮盖不住青盲地的方，正手说到中国土之复风无

更好的孩子，浮云总有遮盖不住太阳的时候

我们以从无但是，雄伟的城墙峻峤的西湖也被的雁荡，其实

天……甲王下前桂林山水，亦以微晚，一也全个静高，其实

方志敏致亲爱的朋友们（1935年5月2日）—4

51

亲都爱护不住了！

朋友，看呀！看呀！那名叫"帝国主义"的恶魔的面貌是多么难看呀！

在中国许多神怪小说上，也寻不出一个妖精鬼怪的面貌，会有这些恶魔那样的狰恶可怕！满脸满身都是毛，好像他们并不是人，而是人类中会吃人的猩猩！他们的血口，张开起来，好似无底的深洞，几千几万几千万的人类，都会被它吞下去！他们的牙齿，尤其是那伸出口外的獠牙，十分锐利，发出可怕的白光！他们的手，不，不是手呀，而是僵硬硬的铁爪！那么难看的恶魔，那么狰狞可怕的恶魔！一、二、三、四、五，朋友，五个可怕的恶魔，正在包围着我们的母亲呀！朋友，看呀，看到了没有？呸！那些恶魔将母亲搂住呢！用他们的血口，去亲她的嘴，她的脸，用他们的铁爪，去抓破她的乳头，她的可爱的肥肤！呀，看呀！那个戴着粉白的假面具的恶魔，在做什么？他弯身伏在母亲的胸前，用一支锐利的金管子，刺进，呀！刺进母亲的心口，他的血口，套到这金管子上，拼命地吸母亲的血液！母亲多么痛呵，痛得嘴唇都成白色了。噫，其他的恶魔也照样做吗？看！他们都拿出各种金的、铁的或橡皮的管子，套住在母亲身上被他们铁爪抓破流血的地方，都拼命吸起血液来了！母亲，你有多少血液，不要一下子就被他们吸干了吗？

……

朋友，你们以为我在说梦呓吗？不是的，不是的，我在呼喊着大家去救母亲呵！再迟些时候，她就要死去了。

朋友，从崩溃毁灭中，救出中国来，从帝国主义恶魔生吞活剥下，救出我们垂死的母亲来，这是刻不容缓的了。但是，到底怎样去救呢？是不是由我们同胞中，选出几个最会做文章的人，写上一篇十分娓娓动听的文告或书信，去劝告那些恶魔停止侵略呢？还是挑选几个最会演说、最长于外交辞令的人，去向他们游说，说动他们的良心，自动地放下屠刀不再宰割中国呢？抑或挑选一些顶善哭泣的人，组成哭泣团，到他们面前去，长跪不起，哭个七日七夜，哭动他们的慈心，从中国撒手回去呢？再或者……我想不讲了，这些都不会丝毫有效的。哀求帝国主义不侵略和灭亡中国，那岂不等于哀求老虎不吃肉？那是再可笑也没有了。我想，欲求中国民族的独立解放，决不是哀告、跪求哭泣所能济事，而是唤起全国民众起来斗争，都手执武器，去与帝国主义进行神圣的民族革命战争，将他们打出中国去，这才是中国唯一的出路，也是我们救母亲的唯一方法，朋友，你们说对不对呢？

……

朋友，虽然在我们之中，有汉奸，有傀儡，有卖国贼，他们认仇作父，为虎作伥；但他们那班可耻的人，终竟是少数，他们已经受到国人的抨击和唾弃，而渐趋于可鄙的结局。大多数的中国人，有良心有民族热情的中国人，仍然是热心爱护自己的国家的。现在不是有成千成万的人在那里决死战斗吗？他们决不让中国被帝国主义所灭亡，决不让自己和子孙们做亡国奴。朋友，我相信中国民族必能从战斗中获救，这岂是我们的自欺自誉吗？

不错，目前的中国，固然是江山破碎，国弊民穷，但谁能断言，中国没有一个光明的前途呢？不，决不会的，我们相信，中国一定有个可赞美的光明前途。中国民族在很早以前，就造起了一座万里长城和开凿了几千里的运河，这就证明中国民族伟大无比的创造力！中国在战斗之中一旦斩去了帝国主义的锁链，肃清自己阵线内的汉奸卖国贼，得到了自由与解放，这种创造力，将会无限地发挥出来。到那时，中国的面貌将会被我们改造一新。所有贫穷和灾荒，混乱和仇杀，饥饿和寒冷，疾病和瘟疫，迷信和愚昧，以及那慢性的杀灭中国民族的鸦片毒物，这些等等都是帝国主义带给我们可憎的赠品，将来也要随着帝国主义的赶走而离去中国了。朋友，我相信，到那时，到处都是活跃跃的创造，到处都是日新月异的进步，欢歌将代替了悲叹，笑脸将代替了哭脸，富裕将代替了贫穷，康健将代替了疾苦，智慧将代替了愚昧，友爱将代替了仇杀，生之快乐将代替了死之悲哀，明媚的花园，将代替了凄凉的荒地！这时，我们民族就可以无愧色的立在人类的面前，而生育我们的母亲，也会最美丽地装饰起来，与世界上各位母亲平等的携手了。

这么光荣的一天，决不在辽远的将来，而在很近的将来，我们可以这样相信的，朋友！

朋友，我的话说得太啰唆厌听了吧！好，我只说下面几句了。我老实地告诉你们，我爱护中国之热诚，还是如小学生时代一样的真诚无伪；我要打倒帝国主义为中国民族解放之心还是火一般的炽烈。不过，现在我是一个待决之囚呀！我没有机会为中国民族尽力了，我今日写这封信，是我为民族热情所感，用文字来作一次为垂危的中国的呼喊，虽然我的呼喊，声音十分微弱，有如一只将死之鸟的哀鸣。

啊！我虽然不能实际地为中国奋斗，为中国民族奋斗，但我的心总是日夜祷祝着中国民族在帝国主义羁绊之下解放出来之早日成功！假如我还能生存，那我生存一天就要为中国呼喊一天；假如我不能生存——死了，我流血的地方，或者我瘗骨的地方，或许会长出一朵可爱的花来，这朵花你们就看作是我的精诚的寄托吧！在微风的吹拂中，如果那朵花是上下点头，那就可视为我对于为中国民族解放奋斗的爱国志士们在致以热诚的敬礼；如果那朵花是左右摇摆，那就可视为我在提劲儿唱着革命之歌，鼓励战士们前进啦！

亲爱的朋友们，不要悲观，不要畏馁，要奋斗！要持久地艰苦地奋斗！要各人所有智慧才能，都提供于民族的拯救吧！无论如何，我们决不能让伟大的可爱的中国，灭亡于帝国主义的肮脏的手里！

你们挚诚的祥松

五月二日写于囚室

⭐ **注释和品读**

1. 方志敏（1899—1935），江西弋阳人，中国共产党早期领导人之一，土地革命战争时期赣东北和闽浙赣革命根据地和红十军的创建人。1919年在家乡参加五四运动，1922年参加社会主义青年团，1923年加入中国共产党。曾任赣东北（后改为闽浙赣）省苏维埃政府主席、中共闽浙赣省委书记、中国工农红军第十军政委、第十军团军政委员会主席等职，中共六届中央委员、中华苏维埃共和国中央临时政府委员会主席团委员。1934年，率抗日先遣队北上抗日。1935年1月，被国民党军以7倍优势兵力包围，部队受到严重损失。因饱受饥寒和身心煎熬晕倒在怀玉山陇首村高竹山一棵大树底下，由于叛徒出卖，不幸被国民党军独立四十三旅的部队逮捕。在狱中，受尽酷刑，写下了《可爱的中国》《清贫》等文章。《可爱的中国》曾由鲁迅先生代为保存，解放后公开发表。牺牲前1个多月，即6月11日上午，他深情地给党中央写了一封信，报告狱中情况和向党表明斗争到底的决心。1935年8月6日，在江西南昌下沙窝英勇就义，时年36岁。

2.祥松，即方志敏。

这是方志敏在狱中写下的几篇重要文稿之一。根据方志敏给党中央的信介绍，按本意这是一部小说，写作目的是敷衍敌人，从而延缓死刑的执行以谋越狱。从不同部分看，其体裁既是一部小说，其中虚构了不少故事情节；又是一篇散文，深情地讴歌了可爱的中国；还是一封致亲爱的朋友们的信，意在唤起同胞们起来捍卫祖国。当时，方志敏在狱中遭受敌人的百般诱降和严刑拷打，但他不屈不挠、大义凛然，以大无畏的革命精神，深情倾诉了对伟大祖国的无比热爱和对党的事业的无限忠诚。选自《可爱的中国——方志敏狱中手稿》，江西省方志敏研究会编，人民出版社、江西教育出版社赠阅版。

总的来看，这是一篇感天动地的雄文，主要意思有三方面：

其一，以亲身经历概括了中国从五四运动到第二次国内革命战争以来的悲惨历史，愤怒地控诉了帝国主义肆意欺侮中国人民的种种罪行。他满怀爱国主义激情，象征性地把祖国比喻为"生育我们的母亲"，"她是一个天姿玉质的美人，她的身体的每一部分都有令人爱慕之美。"可是，美丽健壮而可爱的母亲，却正受着"屈辱和残暴的蹂躏"，强盗、恶魔残害她，掠夺她，肢解她的身体，吮吸她的血液，汉奸军阀帮助恶魔杀害自己的母亲。他高声疾呼，"母亲快要死去了"，"救救母亲呀！"

其二，指出挽救祖国的"唯一出路"就是进行武装斗争，论证"中国是有自救的力量的"，坚信中华民族必能从战斗中获救。他认为："欲求中国民族的独立解放，决不是哀告、跪求哭泣所能济事，而是唤起全国民众起来斗争，都手执武器，去与帝国主义进行神圣的民族革命战争，将他们打出中国去，这才是中国唯一的出路。"他说，虽然在我们之中，有汉奸，有傀儡，有卖国贼，他们认仇作父，为虎作伥；但他们那班可耻的人，终竟是少数，他们已经受到国人的抨击和唾弃，而渐趋于可鄙的结局。"大多数的中国人，有良心有民族热情的中国人，仍然是热心爱护自己的国家的。"

其三，展示了中国革命的光明前景，描绘出革命后祖国未来的美好幸福的景象，表现了强烈的民族自信。他坚信，到那时，到处都是活跃跃的创造，到处都是日新月异的进步，欢歌将代替悲叹，笑脸将代替哭脸，富裕将代替贫穷，康健将代替疾苦，智慧将代替愚昧，友爱将代替仇杀，生之快乐将代替死之悲哀，明媚的花园将代替凄凉的荒地！他呼吁，无论如何，决不能让伟大的可爱的中国，灭亡于帝国主义的肮脏的手里！为拯救民族，每个人都要贡献所有的智慧才能。

《可爱的中国》是一篇极富感染力的爱国主义悲歌。它曾经是我国中小学语文课本的必读篇目，哺育一代代中国青少年健康成长。该文的思想和方志敏的革命历程，多次被拍成电影电视节目，成为经典的爱国主义教育片。最近几年，深受观众喜爱的大型视频节目《品读》，由名家朗读方志敏的这篇作品，得到广泛好评，并在视频网站上广为流传。

方志敏的这封信，全篇情真意切，充满了对祖国的炽烈的热爱和深情的讴歌。全文不管哪一处，写的都是对祖国的关心和热爱。一个狱中将死之人，他没有抱怨祖国的弱小，没有流露不满的情绪，没有痛楚的怨艾。临刑了，他没有丝毫怯懦，没有丝毫犹豫，却慷慨歌咏壮丽的祖国，深情号召同胞们起来保卫祖国母亲。他凭着坚定的信念和远大的理想，带着对祖国美好未来的无限憧憬，从容赴死。80多年过去了，我们伟大的祖国已经前所未有地走近世界舞台的中心，前所未有地接近实现中华民族伟大复兴的梦想。方志敏所憧憬的可爱的中国之壮美景象，已经展现在世人面前：我们的民族已经无愧色地站立在人类面前，而生育我们的祖国母亲也已经最美丽地装饰起来，与世界上各位母亲平等携手了。今天，在新时代阔步向前，让我们不忘初心、牢记使命、永远奋斗，凝聚起十三亿多人民的磅礴之力，继续建设好"伟大的可爱的中国"，这就是对革命先烈最好的纪念。

阅读
感悟

国家未来的伟大前途寄托在
你们青年一辈的身上

——邓发致堂弟邓碧群（1946 年 1 月 21 日）品读

 书信原文

碧群：

抗战八年，我虽未死于战场，但头发却已斑白了，但我比起遭难的同胞，战场牺牲之英雄，不但算不得什么，而且感到无限惭愧！国家所受破坏是惨重的，人民的牺牲，房屋的被蹂躏，这一切固然付出了巨大的代价，然而中华民族不但在东方而且在全世界站立起来了。倘若国内和平建设十年八年，中国就会成为世界头等强国，人民生活文化将大大的提高。国家未来的伟大前途都寄托在你们青年一辈的身上。现在你在高中肄业当然很好，如果可能的话，我希望你能进大学。同时希望你功课之外，应多阅些课外书籍和文学著作，以增加一些课外知识。

宏贤叔父在努力办学，这是个好消息，你若有暇，应帮助叔父，一则可以锻炼办事本领，二则可予叔父一些鼓励。我不敢对你有所指教，只提供一点意见作你参考而已。

兹附上照片两张以作纪念！在不妨碍你功课条件下，望常来信为盼！

顺祝

学习进步

元　钊

一月廿一日草于渝市

⭐ **注释和品读**

1. 邓发 (1906—1946)，广东云浮人。1922 年参加香港海员大罢工。1925 年加入中国共产党。同年，参加省港大罢工和东征战役。1927 年参加广州起义。1928 年后任中共香港市委书记、广州市委书记、广东省委组织部长。1930 年后任闽粤赣边特委书记、中央工农民主政府执行委员兼政治保卫局局长。长征中任纵队政治委员。抗日战争期间任中共驻新疆代表、中共中央党校校长、中共中央职工运动委员会书记、民运委员会书记。在中共六届三中全会和第七次全国代表大会上当选为中央委员，六届五中全会上当选为政治局候补委员。1945 年 9 月，代表解放区职工出席在巴黎召开的世界职工代表大会。1946 年 4 月 8 日，同博古、叶挺、王若飞等人一同由重庆返回延安时，因飞机失事在山西省吕梁市兴县黑茶山遇难。

2. 邓碧群当时在香港读书。

3. 邓发又名邓元钊。

这是邓发 1946 年 1 月 21 日写给在香港读书的堂弟的家书。其时，抗战刚刚胜利，邓发表达了战争胜利的喜悦和对祖国美好未来的憧憬，鼓励堂弟继续在学校加强学习，帮助叔父工作并提高办事本领。信的大意有三层：一是表达对抗战胜利的欣慰。他说，国家在战争中付出了巨大的代价，人民遭受了很大的牺牲，但中华民族终于打败了侵略者，中华民族不但在东方而且在全世界站立起来了。二是展望美好未来。他认为，如果中国能够进行十年八年的和平建设，就会成为世界强国。三是鼓励堂弟继续深造。信中提出"国家未来的伟大前途都寄托在你们青年一辈的身上"的判断，激励堂弟学习文化知识，在实干中学习办事本领。邓发是党内出身于无产阶级的领导人，他很早就辍学做勤杂工，在领导工会工作和组织工人大罢工方面做出了突出的贡献。抗日战争胜利后，他写给堂弟的这封信，从自己参加革命实践的感受说起，激励堂弟继续在大学深造，为开拓国家未来的伟大前途做准备。邓发自己读书不多，但他重视读书，鼓励堂弟多学文化知识、多学办事本领，体现了重视知识的可贵品质和宽大的胸怀。信中表达的思想认识，朴素实在、乐观向上，展现了共产党人振兴中华的追求，展现了革命者对祖国日益强大的强烈期盼，展现了亲人之间互相关心互相激励的良好品德，值得今天广大党员牢牢记取并在各自的岗位上切实加以践行。

 阅读
感悟

全国革命胜利在即　建设大计　亟待商筹

——毛泽东致宋庆龄（1949年6月19日）品读

 书信原文

庆龄先生：

　　重庆违教，忽近四年。仰望之诚，与日俱积。兹者全国革命胜利在即，建设大计，亟待商筹，特派邓颖超同志趋前致候，专诚欢迎先生北上。敬希命驾莅平，以便就近请教，至祈勿却为盼！专此。敬颂

大安！

毛　泽　东

一九四九年六月十九日

⭐ 注释和品读

　　邓颖超，时任中共中央候补委员、中华全国妇女联合会副主席。

　　这是毛泽东亲笔写给宋庆龄的书信。原文和图片均选自《毛泽东书信选集》，中央文献出版社 2003 年 11 月出版。人民网、中国共产党新

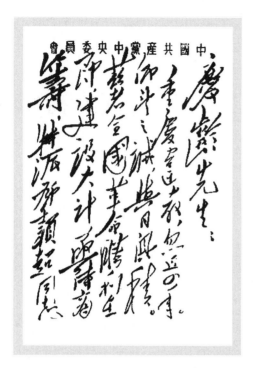

毛泽东致宋庆龄（1949 年 6 月 19 日）—1

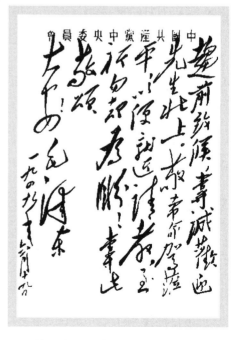

毛泽东致宋庆龄（1949 年 6 月 19 日）—2

闻网曾经专门介绍了这封信。

这封信全文只有109字，却堪称古今中外政界书信往来之绝唱。通过这封信，毛泽东既简约明晰地表达了邀请宋庆龄赴北京共商大计之意，又以最高的规格表达了对宋庆龄的敬重和仰望。可以说，其简约，以至于每个字都得到精确驾驭；其准确，以至于每个词都精准达意；其恭敬，以至于每句话都饱含浓重的敬意。宋庆龄见信后，非常感动，欣然同意参加中国人民政治协商会议。随后，宋庆龄在第一届政协全体会议上当选为中央人民政府副主席。从此，在新中国成立后的数十年里，她一如既往，为中国的社会主义革命和建设事业做出了卓越的贡献。

该信的写作堪称完美。此时，毛泽东对文字的驾驭和运用，已达炉火纯青的境界。信的内容一看即明，在此诚不必赘述。仅从三个方面表达品读此信的体会：

第一，满载对宋庆龄的崇敬。"先生""教""仰望""亟待商筹""趋前致候""敬希命驾莅平""请教""至祈勿却为盼"，每个字每个词每句话，都饱含写信人对收信人的敬意。如此表达，宋庆龄读后不仅能体会到其中的尊崇，也能感受到毛泽东至高的政治素质、道德涵养和文字素养。还有，毛泽东有高深的书法功底，但由于公务繁忙他写的信经常有勾勾画画的地方。但是，这一封信则是极其用心地书写或誊写而成的，连一个错字、一个墨点都没有，是一幅"毛体书法"精品。这封亲笔信本身是思想创作和艺术创造的统一体，这也体现了毛泽东对宋庆龄的格外尊重。

第二，专门特派邓颖超同志"趋前致候""专诚欢迎"，既符合礼仪，又体现出十分的恭敬。据人民文学出版社出版的《宋庆龄往事》介绍，在毛泽东撰写该信的隔日，周恩来就邀请宋庆龄北上也撰写了一封信（见延伸阅读），毛泽东还专门在周恩来的这封信上改了一个字：把"略陈"改为"谨陈"。就这一处修改，尽显毛泽东对宋庆龄的尊敬。

第三，虽不着一字却蕴含了对新中国未来的高度负责。信中，没有专门词语展示胜利在即的喜悦，也没有专门语句展望美好的未来。但是，今天我们却能够从行文之间，在读出其对宋庆龄的诚恳邀约和十分敬意的同时，理解到毛泽东对于向宋庆龄"请教""建设大计"的高度重视。而这，恰恰流露了建设新中国的伟大抱负、高度负责和美好憧憬。这也是建设社会主义新中国的美好初心的一种展现。

阅读
感悟

给党中央的信

——方志敏致党中央（1935 年 6 月 11 日）

中央：

我们在被俘入狱之初，以为很快被杀，但过了一个多月未杀；随后江西反动派开"剿匪"阵亡将士大会，我们又以为必以我们为祭品，什么都准备好了，只待拖去杀，但仍未杀。一直挨到现在，还未有消息，敌人不急杀我们的原因有三：（一）进行政治的欺骗，表示他们的"宽大为怀"！（二）用威迫利诱的方法劝我们投降，以便更大的破坏革命。（三）一面留住我们在狱不杀，同时就可以在外造谣，说我们已投降他们，来动摇正在艰苦奋斗的红军和群众的斗争决心。敌人是在用各种方法，破坏我们。

自杀非我们应取的手段，我们就利用这个时机进行越狱的准备！我们这次失败，不但使我们十分伤痛，而且感着无穷的羞辱，我想，若能越狱，必用尽力量，进行工作，在最短期内，恢复损失了的军队并创造大块苏区，以赎罪雪耻！我们认为越狱，是有极大可能，若得外援，可望成功。但四个月来，都找不到一人来，而中央也不能知道我们的情形，这是我们最感苦闷的事情。我在狱并未一刻放弃宣传工作，以致看守所的官吏们严格禁止看守兵、卫兵等到我房来，怕接近我而受到我的煽动。我在此宣传了十个人来参加革命，将来可望发生作用。未能广大发展的原因，就是他们将我与许多人隔绝，不能接近。

在此"以必死的决心，图谋意外的获救"的当中，我写了几篇文稿：

一、我参加革命斗争的略述（请中央看过，有哪些地方错误的，即予修改）。

二、我们临死前的话（等于一篇绝命书）。

三、给闽浙赣同志们的一封信。

四、给我妻缪敏同志一封信。

五、狱中纪实。

六、死（也是纪实，以小说形式写的）。

七、可爱的中国和新生活运动的训话，是两篇不成功的小说（在狱中无他书可看，只看小说，引起了写小说的兴趣，故写了这两篇。可爱的中国，则为敷衍敌人们写的，因那时正谋越狱，写这一篇小说，以延缓死刑的执行）。

这些文稿，都寄存胡罪人君处保藏着，他答应在他出狱后，送交中央。

胡罪人君原是国民党的一个官僚，因他倾向革命，故在狱中给了我一些帮助。我曾与他谈了不少的话，并写了许多信给他，他表示很坚决而且诚恳。他愿意站在党的同情者的立场，接受党的指导，帮助党〔做〕所需要他做的工作。他共有房地产值十万元，愿拿出大部分来帮助革命。我告诉他来沪开印刷所，办杂志，鼓吹革命。请中央派一个同志去领导他。只要领导得好，他是可以替党做不少的工作。他与他的妻的意思，还需中央给以训练！他交游甚广，干谍报、兵运，救济被难同志等工作都可以做。

现我们所囚押的狱中，共押同志和红军战士五百余人，他们都苦极无告！请中央通知互济会，设法救济他们。同时，请中央派得力同志来组织和领导这些同志进行狱中暴动，是有十分可能的。

连南昌这样的城市，都没有党的组织吗？我看城市工作，并非是十

方志敏致党中央（1935 年 6 月 11 日）—1

方志敏致党中央（1935 年 6 月 11 日）—2

分困难，现在人心惶惶，处处都要求着党的领导，就是在狱中，我还是能做许多工作，假若我不是囚人，建立各方面的工作，我认为并不困难。

在我隔号，就住着一个顽固的凶恶的法西斯蒂！他是蒋的航空署长，因南昌飞机场被焚，被捕入狱。他成了我的监视者。他说：不但要消灭红军，而且要用暗杀手段，暗杀一班左倾的知识分子。他承认杨杏佛等都是他们暗杀的。请中央转告左联的人们注意！

谨致

布尔什维克的敬礼！

方 志 敏

一九三五年六月十一日上午

胡海同志亦押在此，他不久也是要枪毙的。这里枪毙人不大宣布。

注 释

1. 杨杏佛，即杨铨，字宏甫，号杏佛，江西清江县人，辛亥革命社会活动家。九一八事变后，为反对国民党政府非法逮捕和监禁爱国人士，与宋庆龄、蔡元培等著名人士于 1932 年 12 月在上海发起组织中国民权保障同盟，任总干事，并组织营救了不少被关押的共产党人和爱国人士。

2. 胡海，江西吉安人，中国共产党员。

化敌为友　共同抗日
实为全国全民族唯一之出路

——毛泽东等致蒋介石（1936 年 12 月 1 日）

介石先生台鉴：

去年八月以来，共产党、苏维埃与红军曾屡次向先生要求，停止内战，一致抗日。自此主张发表后，全国各界不分党派，一致响应。而先生始终孤行己意，先则下令"围剿"，是以有去冬直罗镇之役。今春红军东渡黄河，欲赴冀察前线，先生则又阻之于汾河流域。吾人因不愿国防力量之无谓牺牲，率师西渡，别求抗日途径，一面发表宣言，促先生之觉悟。数月来绥东情势益危，吾人方谓先生将翻然变计，派遣大军实行抗战。孰意先生仅派出汤恩伯之八个团向绥赴援，聊资点缀，而集胡宗南、关麟征、毛炳文、王均、何柱国、王以哲、董英斌、孙震、万耀煌、杨虎臣、马鸿逵、马鸿宾、马步芳、高桂滋、高双成、李先洲等二百六十个团，其势汹汹，大有非消灭抗日红军荡平抗日苏区不可之势。吾人虽命令红军停止向先生之部队进攻，步步退让，竟不能回先生积恨之心。吾人为自卫计，为保存抗日军队与抗日根据地计，不得已而有十一月二十一日定边山城堡之役。夫全国人民对日寇进攻何等愤恨，对绥远抗日将士之援助何等热烈，而先生则集全力于自相残杀之内战。然而西北各军官佐士兵之心理如何，吾人身在战阵知之甚悉，彼等之心与吾人之心并无二致，亟欲停止自杀之内战，早上抗日之战场。即如先生之嫡系号称劲旅者，亦难逃山城堡之惨败。所以者何，非该军果不能战，特不愿中国人打中国人，宁愿缴枪于红军耳。人心与军心之向背如此，先生何不清夜扪心一思其故耶？今者绥远形势日趋恶化，前线之守土军队为数甚微，长城抗战与上海一二八之役前车可鉴。天下汹汹，为公一人。当前大计只须先生一言而决，今日停止内战，明日红军与先生之西北"剿共"大军，皆可立即从自相残杀之内战战场，开赴抗日阵线，绥远之国防力量，骤增数十倍。是则先生一念之转，一心之发，而国仇可报，国土可保，失地可复，先生亦得为光荣之抗日英雄，图诸凌烟，馨香百世，先生果何故而不出此耶？吾人敢以至诚，再一次地请求先生，当机立断，允许吾人之救国要求，化敌为友，共同抗日，则不特吾人之幸，实全国全民族唯一之出路也。今日之事，抗日降日，二者择一。徘徊歧途，将国为之毁，身为之奴，失通国之人心，遭千秋之辱骂。吾人诚不愿见天下后世之人聚而称曰，亡中国者非他人，蒋介石也，而愿天下后世之人，视先生为能及时改过救国救民之豪杰。语曰，过则勿惮改，又曰，放下屠刀，立地成佛。何去何从，愿先生熟察之。寇深祸亟，言重心危，立马陈词，伫候明教。

毛泽东　朱　德　张国焘　周恩来　王稼蔷
彭德怀　贺　龙　任弼时　林　彪　刘伯承
叶剑英　张云逸　徐向前　陈昌浩　徐海东
董振堂　罗炳辉　邵式平　郭洪涛

率中国人民红军同上

一九三六年十二月一日

注　释

1.直罗镇之役，指1935年11月，中国工农红军第一方面军在陕西鄜县（今富县）直罗镇全歼东北军第一〇九师一个团，粉碎了国民党军对陕甘革命根据地的第三次"围剿"。

2. 山城堡之役，指 1936 年 11 月，中国工农红军第一方面军、第四方面军一部，在第二方面军配合下，在甘肃环县山城堡击败国民党军进攻的战役。这次战役全歼敌主力胡宗南部一个多旅，使敌军基本停止了对陕甘宁苏区的进攻。

3. 长城抗战，指 1933 年 3 月中国军队在喜峰口、古北口一带长城线上抗击日本侵略军的战役。由于蒋介石集团坚持对日妥协政策，中国守军被迫撤离长城各口。这次抗战以签订卖国的《塘沽协定》告终。

4. 一二八之役，又称淞沪抗战。1932 年 1 月 28 日，日本侵略军进攻上海，驻守上海的第十九路军奋起抵抗，坚持抗战一个多月，给敌军以沉重打击。这次抗战因国民党政府的破坏而失败。

5. 王稼蔷，即王稼祥。

新中国建设有待于先生指教者正多

——周恩来致宋庆龄（1949年6月21日）

庆龄先生：

　　沪滨告别，瞬近三年。每当蒋贼肆虐之际，辄以先生安全为念。今幸解放迅速，先生从此永脱险境，诚人民之大喜，私心亦为之大慰。现全国胜利在即，新中国建设有待于先生指教者正多。敢藉颖超专诚迎迓之便，谨（略）陈渴望先生北上之情。敬希早日命驾，实为至幸。

　　专上。敬颂

大安!

周　恩　来

一九四九·六·廿一

四、对组织的无限忠诚

坚持对党绝对忠诚，必须把牢政治方向、严守政治纪律。要始终同党中央保持高度一致，增强党性立场和政治意识，提高政治敏锐性和政治鉴别力，在大是大非面前头脑清醒、旗帜鲜明，经得起大风大浪考验，决不能在政治方向上走岔了、走歪了，更不能走错了。

认定共产主义这个真理
就甘愿抛头颅洒热血

——夏明翰致姐姐夏明玮等（1928年3月）品读

✉ **书信原文**

大姐为我坐监牢，外甥为我受株连，我们没有罪，我们要斗争，人该怎样做，路该怎样走，要有正确的答案。

我一生无遗憾，认定了共产主义这个为人类翻身解放造幸福的真理，就刀山敢上，火海敢闯，甘愿抛头颅，洒热血！

★ **注释和品读**

夏明玮，是夏明翰的大姐。受夏明翰影响，夏明翰的兄弟姐妹有多位走上革命道路，四妹夏明衡、五弟夏明震、七弟夏明霹，都是烈士。夏明玮的儿子邬依庄，在红军某部任指导员，在执行任务中牺牲，烈士。夏明翰一家人为革命事业做出了巨大的牺牲。

这是夏明翰1928年3月在监狱中写给姐姐夏明玮和她两个女儿的一封信，表达自己对共产主义的坚定信念，抒发对共产主义的无限忠

诚，表明了视死如归的态度。选自《红色家书》，党建读物出版社 2016
年 10 月出版。

这封写给姐姐的信，与他同一时期写给母亲、妻子的信和临刑前写
的著名就义诗"砍头不要紧，只要主义真。杀了夏明翰，还有后来人"，
在内容上互相呼应，在思想上高度一致。在这封信中，夏明翰坚定地
阐明，宁可牺牲生命也绝不背叛自己的信仰。他申明，自己没有罪没
有错，认定了正确的道路，就要坚定地走下去。他发出了铮铮誓言：认
定了共产主义这个为人类翻身解放造幸福的真理，就刀山敢上，火海敢
闯，就甘愿抛头颅洒热血，死而无憾。留下了这几篇感人肺腑的绝笔，
怀着对党对共产主义的无限忠诚和对革命事业的无比热爱，为了中国人
民的解放事业，夏明翰悲壮地牺牲了，时年仅 28 岁。这封信连同正气
凛然的就义诗，都是夏明翰用热血谱成的革命战歌，激励无数"后来人"
沿着共产主义的光明大道前赴后继，必将在一代又一代的共产党人心中
永续传唱。

阅读
感悟

我以毕生至诚敬谨请求入党

——续范亭致毛泽东和中共中央（1947年9月）品读

 书信原文

敬爱的毛主席和中共中央：

范亭自辛亥以来，即摸索为民族和人民解放的真理，奋勇前行，在几经波折之后，终于认清了只有中国共产党领导的革命道路，才是中华民族和中国人民彻底解放的道路。七七抗战之后，即欣然接受领导，参加晋西北抗日民主根据地的抗战建设工作，想从此更好为人民服务，以偿平生夙愿。孰料范亭方奋力以赴之时，竟以身染重病，去延休养。在延数年，蒙党百般爱护，尤觉欣幸者，得以时常聆听毛主席和中共中央的教导，范亭奋斗一生，始于今日目睹解放区广大人民的真正翻身，真正看见了新中国的光明前途，每自不禁感奋，热泪夺眶而出。屡欲请求入党，做一名革命军的马前卒，以终余年，但以久病床褥，迄未提出。现范亭已病入膏肓，恨不能亲睹卖国贼蒋介石集团之行将受审，美帝国主义之滚蛋，与全中国人民之彻底解放，是为憾耳。范亭数年来愧无贡献，然追求真理之志未尝一日或懈也。在此弥留之际，我以毕生至诚敬谨请求入党，请中共中央严格审查我的一生历史，是否合格，如承追认入党，实平生之大愿也，专此谨致布尔塞维克的敬礼！

续 范 亭

⭐ 注释和品读

1. 续范亭（1893—1947），山西省崞县人，著名抗日爱国将领。早年参加孙中山领导的同盟会后即献身于民族解放和民主革命事业。1924年后，续范亭曾任国民军第三军第二混成支队参谋长、第六混成旅旅长、甘肃绥靖公署参谋长等职。曾经隐退一段时间。1935年，他不忍目睹国家民族陷于危亡，赴南京呼吁团结抗日，在中山陵前剖腹明志，震动全国。自杀遇救后，开始探求马列主义真理，了解共产党。1939年秋，阎锡山部署反共战争，续范亭冒着生命危险，机智地离开会场，飞骑去八路军三五八旅旅部告急，并率部与我军一起，粉碎阎军的进攻。1940年，任晋绥边区行署主任，兼晋绥军区副司令员，与贺龙、关向应并肩战斗，建立抗日根据地，开展抗日游击战争。1941年3月离开兴县赴延安治病。1947年9月12日，病逝于山西临县都督村，享年54岁。临终前，给毛主席和党中央写了一封遗书，提出正式加入中国共产党的请求。1947年9月13日，续范亭被追认为中国共产党正式党员。毛泽东获悉续范亭病逝的噩耗，派专人渡过黄河送了花圈和挽联。

这封信是续范亭写给毛泽东和党中央的遗书。信的内容简洁明了，大意有三层：一是扼要回顾思想转变过程。简短几句话，就明确交代了自己从跟随参加辛亥革命转而信奉共产主义的过程。他从认识到只有中国共产党领导的革命道路才是中华民族和中国人民彻底解放的道路，进而又亲身参加晋西北抗日民主根据地的抗战建设工作。在延安数年，则亲眼看到解放区广大人民的真正翻身，看见了新中国的光明前途。二是说明为什么之前没有提出入党申请。他说："屡欲请求入党，做一名革命军的马前卒，以终余年，但以久病床褥，迄未提出。"三是明确提出入党申请。他说，"在此弥留之际，我以毕生至诚敬谨请求入党，请中共中央严格审查我的一生历史，是否合格，如承追认入党，实平生之大愿也。"续范亭的一生跟随时代潮流奋勇前进，他由信奉爱国主义进而追求共产主义，从旧式军人进而转变成为共产主义的革命斗士。他是由旧式军人不断进取转变为坚强革命斗士的典型，具有较好的示范引领作用。他最可贵的品格，是能随着时代的进步，不断更新观念，从而能跳出晋绥和西北旧军人的圈子，在历史重要关头不惜与坚持反动立场的老友交火开战，走上了正确的革命道路。续范亭在去世之前写这封信，临终仍然执着追求入党，以不能亲睹全中国人民之彻底解放为憾，真诚地请党中央严格审查他一生的历史，表明了对共产主义的坚定信仰和对党组织的忠诚。他坚决与旧观念、旧势力决裂并作出正确抉择，一旦树立了共产主义信仰，就赤胆忠心地为之奋斗终生，这是续范亭留下的宝贵精神财富。

阅读
感悟

盼教以踏着父母之足迹　以建设新中国为志
为共产主义革命事业奋斗到底

——江竹筠致亲友谭竹安（1949 年 8 月 27 日）品读

 书信原文

竹安弟：

　　友人告知我你的近况，我感到非常难受。幺姐及两个孩子给你的负担的确是太重了，尤其是现在的物价情况下，以你仅有的收入，不知把你拖成甚么个样子。除了伤心而外，就只有恨了……我想你决不会抱怨孩子的爸爸和我吧？苦难的日子快完了，除了这希望的日子快点到来而外，我什么都不能兑现。安弟！的确太辛苦你了。

　　我有必胜和必活的信心，自入狱日起（去年6月被捕）我就下了两年坐牢的决心，现在时局变化的情况，年底有出牢的可能。蒋王八的来渝固然不是一件好事，但是不管他若何顽固，现在战事已近川边，这是事实，重庆再强也不可能和平、京、穗相比，因此大方的给它三、四月的命运就会完蛋的。我们在牢里也不白坐，我们一直是不断地在学习，希望我俩见面时你更有惊人的进步。这点我们当然及不上外面的朋友。

　　话又得说回来，我们到底还是虎口里的人，生死未定，万一他作破坏到底的孤注一掷，一个炸弹两三百人的看守所就完了。这可能我们估计的确很少，但是并不等于没有。假若不幸的话，云儿就送你了，盼教以踏着父母之足迹，以建设新中国为志，为共产主义革命事业奋斗到底。

孩子们决不要娇养，粗服淡饭足矣。幺姐是否仍在重庆？若在，云儿可以不必送托儿所，可节省一笔费用。你以为如何？就这样吧。愿我们早日见面。握别。愿你们都健康。

竹姐　八月二十七日

来友是我很好的朋友，不用怕，盼能坦白相谈。

⭐ 注释和品读

1. 江竹筠（1920—1949），原名江竹君，人们习惯称她江姐，四川自贡人，1939 年加入中国共产党。1947 年下半年，党组织派她的丈夫彭咏梧去川东发动武装起义，迎接解放，她担任联络工作。1948 年，彭咏梧在战斗中牺牲后，她毅然留在川东继续工作。同年 6 月 14 日，由于叛徒出卖，江竹筠在万县不幸被捕，被关押在重庆渣滓洞集中营。在狱中，她受尽了国民党军统特务的各种酷刑，但坚贞不屈，拒不交出军统所要的中共地下党情报。1949 年 11 月 14 日，在重庆被中国人民解放军重重包围之际，江竹筠被军统特务杀害。这封信选自重庆渣滓洞集中营展览馆有关资料。

2. 竹安，即谭竹安，共产党员，江竹筠的亲友。

3. 云儿，指彭云，江竹筠的儿子。

这封信写于革命胜利前夕，是江竹筠在监狱中写给亲友的一封托孤遗书。该信用简短文字表达了革命者宁死不屈的坚定信仰，也承载着浓浓的亲情，蕴含着她对儿子深深的关爱和对亲友的牵挂。这是一封革命的书信，信里满载着共产党人坚信革命必将最终胜利的乐观主义精神，坚信反动派必然灭亡的必胜信心，表达了宁可牺牲生命也绝不背叛组织的坚定决心。她以十分确切的言辞，预判"蒋王八"即将在三四月后必然灭亡。历史的滚滚洪流印证了江姐的预言，很快人民解放军胜利的红旗就插遍了重庆的街头。江姐对形势的准确预判，既是对反动派的藐视，也是对革命胜利的坚定信心。这是一封饱含真情的家书，行文充满着女性的细腻和真情，字里行间溢满着一名母亲对儿子如丝如缕的思念，同时也饱含对亲友窘迫生活的操心。行文之间把革命豪情和亲人友爱很好地统一了起来，既有革命者的博大情怀和可歌可泣的政治信念，也有人间至情至真的亲情。

"毒刑拷打那是太小的考验……竹签是竹做的，但共产党员的意志是钢铁。"江姐死前遭受到种种残酷的折磨，她宁可牺牲也不背叛信仰，宁可抛下至爱的儿子慷慨赴死也不向敌人屈服。她的事迹，感人肺腑，令人肃然起敬。她是一名共产党人，也是一个妻子，一个母亲。作为一名共产党人，面对敌人的严刑拷打，她无畏无惧，丝毫没有泄露党的秘密，这种对革命事业无限忠诚的精神令人敬佩。作为一个母亲，她与无数女子一样深爱家庭、深爱子女。但是，在丈夫牺牲之后，自己又入狱，嗷嗷待哺的幼儿随时可能成为流离失所的孤儿的情况下，她保持着革命者的坚贞不屈，用死来捍卫对党的忠诚。她毅然把儿子托付给亲友，宁死也不向反对派透露党的秘密。

革命胜利后，江姐的事迹已经多次被拍摄成影视剧，成为教育千千万万共产党员的党课教材。今天，我们向江姐学习，就要学习她革命必胜、宁死不屈的气节，学习她宁可牺牲生命也不背叛组织的绝对忠诚。

阅读
感悟

请党中央严格审查我一生奋斗历史

——邹韬奋致党中央（1944年6月2日）

我自愧能力薄弱，贡献微少，二十余年来追随诸先进，努力于民族解放、民主政治和进步文化事业，竭尽愚钝，全力以赴，虽颠沛流离，艰苦危难，甘之如饴。此次在敌后根据地视察研究，目睹人民伟大斗争，使我更看到新中国光明的未来。我正增加百倍的勇气和信心，奋勉自励，为我伟大祖国与伟大人民继续奋斗，但四五年来，由于环境的压迫，我的行动不能自由，最近更不幸疾病经年，呻吟床褥，竟至不起，但我心怀祖国，眷念同胞，愿以最沉痛的迫切的心情，最后一次呼吁全国坚持团结抗战，早日实现真正的民主政治，建设独立自由幸福的新中国。我死后，希望能将遗体先行解剖，或可对医学上有所贡献，然后举行火葬，骨灰尽可能带往延安，请中国共产党中央严格审查我一生奋斗历史，如其合格，请追认入党，遗嘱亦望能妥送延安。我妻沈粹缜女士可参加社会工作，长子家骅专攻机械工程，次子家骝研究医学。幼女家骐爱好文学，均望予以深造机会，俱可贡献于伟大的革命事业。

一九四四年六月二日口述签字

注　释

1. 邹韬奋（1895—1944），原名恩润，江西省余江县人。新闻记者、政论家和出版家。从 1926 年在上海主编《生活》周刊起，毕生从事新闻出版工作。1931 年九一八事变后，反对国民党的不抵抗政策。1933 年年初参加由宋庆龄、蔡元培等发起的中国民权保障同盟，被选为执委。7 月，被迫流亡海外。1935 年 8 月回国，积极参加中国共产党领导的救亡运动，先后在上海、香港主编《大众生活》周刊、《生活日报》《生活星期刊》，并担任上海各界救国会和全国各界救国联合会的领导工作。1936 年与沈钧儒等一起被国民党政府逮捕，成为著名的救国会七君子之一。抗日战争开始后获释。先后在上海、汉口、重庆主编《抗战》《全民抗战》等刊物，主持生活书店，积极参加反对蒋介石反动政府的政治斗争。皖南事变后，被迫流亡香港，复刊《大众生活》。1941 年香港沦陷后，在中国共产党的帮助下，辗转赴广东东江游击区。1942 年，到苏北解放区。次年，秘密赴上海治病。1944 年 7 月 24 日病逝，时年 49 岁。

2. 邹韬奋在生命弥留之际，请党中央审查他的历史，要求追认为党员。邹韬奋逝世后，中共中央接受他临终的请求，追认他为正式党员。由周恩来亲自修改的中共中央致邹韬奋家属的唁电，充分肯定了他一生的功绩。

五、大无畏的革命斗志

"砍头不要紧，只要主义真"，"敌人只能砍下我们的头颅，决不能动摇我们的信仰"，这些视死如归、大义凛然的誓言生动表达了共产党人对远大理想的坚贞。理想之光不灭，信念之光不灭。我们一定要铭记烈士们的遗愿，永志不忘他们为之流血牺牲的伟大理想。

此行也愿拼热血头颅 战死沙场以博一快

——袁国平致母亲刘秀英（1927年5月25日）品读

 书信原文

亲爱的母亲：

一九二七年五月顷，反革命谋袭武汉，形势岌岌，革命志士，莫不愤恨填膺，舍身赴敌。

斯时，余在第十一军政治部服务，也奉命出发鄂西，抗御强寇，此行也愿拼热血头颅，战死沙场以博一快，他日儿若成仁取义，以此照为死别之纪念。

万一凯旋生还，异日与阿母重逢再睹此像，再谈此语，其快乐更当何如耶！

儿 醉涵

于武昌整装待发之际

1927年5月25日

⭐ 注释和品读

1.袁国平（1906—1941），湖南邵东人。1926 年 1 月考入广州黄埔军校第四期，并加入中国共产党。同年 7 月随军北伐。10 月，调国民革命军第十一军政治部工作。四一二反革命政变后，参加了平定夏斗寅叛乱的战斗。1927 年，先后参加了南昌起义和广州起义。1928 年 1 月，率部转移到海丰，参与领导创建东江革命根据地的斗争。1929 年，被派往湘鄂赣根据地，先后任中共湘鄂赣特委委员兼宣传部长、红五军代政委、红五军政治部主任等职。1930 年年初，当选为红四、红五、红六军前委委员。6 月，任红三军团政治部主任，之后协助彭德怀等率红三军团攻占长沙，在长沙城内采取各种形式宣传中国共产党和中国工农红军的方针政策。8 月，任红一方面军总政治部副主任兼红三军团政治部主任，同时兼红八军政治委员、政治部主任等职。曾先后参加了第一至第四次反"围剿"作战，两次入闽作战。第五次反"围剿"失败后，随军参加长征。1935 年 9 月，任北上先遣支队第二纵队政治部主任。长征到达陕北后，先后任西北革命军事委员会后方政治部主任，中国工农红军学校第三科政委，红军教导师政委，抗日军政大学政治部主任和二分校（即庆阳步兵学校）政委等职。1937 年 8 月，任中共陇东特委书记兼八路军驻陇办事处主任。1938 年春，任新四军政治部主任、中共中央军委会新四军分会常务委员，参加开辟华东抗日根据地斗争。1941 年 1 月，在皖南事变中牺牲。

2.反革命谋袭武汉，指夏斗寅 1927 年 5 月 17 日在宜昌发动叛乱，攻打武汉，后为叶挺领导的国民革命军第十一军击败。

3.袁国平原名袁幻成，又名袁裕，字醉涵。

这是袁国平 1927 年 5 月 25 日写给母亲刘秀英的信，体现了他为革命舍身杀敌的豪迈气概。选自《红色家书》，党建读物出版社 2016 年 10 月出版。信的大意为：1927 年 5 月，夏斗寅在宜昌发动叛乱攻打武汉，形势危急，革命志士都舍身参加战斗；此时，袁国平正在国民革命军第十一军政治部工作，立下遗书，愿拼热血头颅，战死沙场，成仁取义；如果生还，则将与母亲共庆胜利。这封信十分简短，但字字千钧，痛快淋漓地表达了甘为革命拼热血头颅的豪情壮志，表现了为党的事业甘愿慷慨赴死的大无畏精神。

 阅读 感悟

说到死　本来我并不惧怕

——杨开慧致堂弟杨开明（1929 年 3 月）品读

 书信原文

一弟：亲爱的一弟！

我是一个弱者仍然是一个弱者！好像永远都不能强悍起来。我蜷伏着在世界的一个角落里，我颤栗而寂寞！在这个情景中，我无时无刻不在寻找我的依傍，你于是乎在我的心田里，就占了一个地位。此外同居在一起的仁，秀，也和你一样——你们一排站在我的心田里！我常常默祷着：但愿这几个人莫再失散了呵！

我好像已经看见了死神——唉，它那冷酷严肃的面孔！说到死，本来，我并不惧怕，而且可以说是我欢喜的事。只有我的母亲和我的小孩呵，我有点可怜他们！而且这个情绪，缠扰得我非常厉害——前晚竟使我半睡半醒的闹了一晚！我决定把他们——小孩们——托付你们，经济上只要他们的叔父长存，是不至于不管他们的，而且他们的叔父，是有很深的爱对于他们的。倘若真的失掉一个母亲，或者更加一个父亲，那不是一个叔父的爱，可以抵得住的，必须得你们各方面的爱护，方能在温暖的春天里自然地生长，而不至于受那狂风骤雨的侵袭！

这一个遗嘱样的信，你见了一定会怪我是发了神经病？不知何解，我总觉得我的颈项上，好像自死神那里飞起来一根毒蛇样的绳索，把我缠着，所以不能不早作预备！

杞忧堪嚎，书不尽意，祝你一切顺利！

⭐ 注释和品读

1. 杨开慧（1901—1930），湖南长沙人。1920 年下半年加入中国社会主义青年团。同年冬，与毛泽东结婚。1921 年加入中国共产党后，一直追随毛泽东从事革命活动，在极为艰苦、险恶的条件下从事党的机要和交通联络工作，开展农民运动、工人运动、妇女运动和学生运动。大革命失败后，在白色恐怖中，杨开慧按照党的安排，带着孩子回到板仓开展地下斗争。在与上级组织失去联系的情况下，参与组织和领导了长沙、平江、湘阴边界的地下武装斗争，努力发展党的组织，坚持斗争整整 3 年。1930 年 10 月被捕。同年 11 月 14 日，在浏阳门外识字岭英勇就义，年仅 29 岁。

2. 仁、秀，指杨开仁、杨开秀，杨开慧的堂妹。

3. 小孩们，指毛岸英、毛岸青、毛岸龙。

4. 叔父，指毛泽民，毛泽东的弟弟，即毛岸英的叔父。

这是杨开慧 1929 年 3 月写给堂弟杨开明的一封信，表达了自己为革命牺牲生命的坦然自若，同时谈了对亲人的牵挂，请亲人在自己遭遇不测时照顾孩子。2016 年 3 月 3 日，人民网、中国共产党新闻网全文刊发了这封信。2016 年，国内首档明星书信朗读节目《见字如面》播出了杨开慧的这封信，引起了现场观众的强烈共鸣。目前，这段朗诵仍在腾讯视频广泛转播。

当时，杨开慧已经有一年多没有毛泽东的音讯。白色恐怖中，敌人到处搜捕，在长沙已经有多位共产党人惨遭敌人的屠刀。杨开慧强烈预感到不测，带着对丈夫的挂念，带着对孩子的操心和不舍，写下这封类似遗书的文章。这封家书，非常耐读。全文情真意切，如泣如诉，催人泪下，既对死亡等闲待之，又诉说了对亲人的无尽思念。

信的开篇情感涌动，流露出女人软弱的一面。杨开慧写道："我是一个弱者仍然是一个弱者！好像永远都不能强悍起来。我蜷伏着在世界的一个角落里，我颤慄而寂寞！"她把能联系上的亲人一弟、堂妹杨开仁和杨开秀当成最后的依傍。紧接着，笔锋急转直下，杨开慧表现出了革命者的英雄本色。她写道："说到死，本来，我并不惧怕，而且可以说是我欢喜的事。"对死亡的这份超脱，远远超出了一般女子的心态和作为，体现出的是革命志士的坚定和勇敢。如此视死如归的慷慨悲歌，足以傲视人间千难万苦。当真切感到死神接近时，她最放心不下的是3个年幼的孩子——岸英、岸青和岸龙。对于嗷嗷待哺的幼儿，她是那么挚爱，那么不舍。她为弱小孩子的命运揪着心，言辞万分恳切："我总觉得我的颈项上，好像自死神那里飞起来一根毒蛇样的绳索，把我缠着，所以不能不早作预备！"为了照顾孩子，她恳请开明、开仁、开秀等能在自己身后给予孩子们更多的爱。她预料中的不幸，终于在1930年10月24日降临。这天凌晨，杨开慧在家中被捕。在狱中，她拒绝退党并坚决反对声明与毛泽东脱离关系。11月14日，杨开慧从容走向刑场，英勇就义。

这封信并没有寄出。当时，形势非常险恶，收信和寄信的行为，必然会增加被敌人发现的危险。这封"遗嘱样的信"写好后，只能藏匿在故居老宅的墙缝中。这曲感人的红色悲歌，不能直达收信人，只能隔空给后人留下感叹。在革命战争的艰苦岁月中，无数共产党人不仅自己抛头颅洒热血，而且还引领亲人共同踏上革命征程，全家人都为党的事业流血牺牲。毛泽东一家，为革命事业贡献了毛泽建、杨开慧、毛泽覃、毛泽民、毛楚雄、毛岸英等多位亲人的生命，不愧为中国红色家庭的楷模。杨开慧出身于长沙书香门第，是闻名三湘的大学者杨昌济的掌上明珠，她不仅是毛泽东早年的革命伴侣，也是一位贤妻良母，还是中国共产党最早的女党员之一。在毛泽东情感生活中杨开慧占有重要位置，是毛泽东风华正茂时浪漫爱情的另一半，她的一生是革命的一生、战斗的一生。

"我失骄杨君失柳，杨柳轻飏直上重霄九。问讯吴刚何所有，吴刚捧出桂花酒。寂寞嫦娥舒广袖，万里长空且为忠魂舞。忽报人间曾伏虎，泪飞顿作倾盆雨。"1957 年 5 月，毛泽东接到杨开慧的同窗好友李淑一怀念柳直荀烈士的一首词后，当即和了这首词。词中，毛泽东痛快淋漓地抒发了对杨开慧的无限思念和深情礼赞。读了这封信，了解了杨开慧的高尚人格和英勇不屈的革命事迹，就能深刻理解毛泽东心中"骄杨"的含义和分量。从信的字里行间，我们依稀看到了杨开慧美丽面容上流露出的坚定沉静气质，她柔弱身躯里迸发出的强大精神力量，永远令人敬佩，让人怀念。

阅读感悟

个人生命　早置度外

——王若飞致表姐夫熊铭青（1933年1月）品读

 书信原文

铭兄：

　　岁尾年头，最易动人怀抱。况我今日处境更觉百感烦心，念国难之日急，恨身之蹉跎，冲天有志，奋飞无术。五更转侧，徒唤奈何！虽然楚囚对泣，惟弱者而后如此。至于我辈，只有隐忍以候。个人生命，早置度外。居狱中久，气血渐衰，皮肉虚浮，偶尔擦破，常致溃烂。盖缘长年不见日光，又日为阴湿秽浊所熏染。譬之楠梓豫章之木，置之厕所卑湿之地，亦将腐朽剥蚀也。又冬令天短，云常不开；又兼房为高墙所障，愈显阴黑，终日如在昏暮中，莫能细辨同号者面貌。人间地狱，信非虚语。有人谓矿工生活，是埋了没有死，大狱生活，是死了没有埋。交冬以来，吾日睡十四小时（狱规：晚六时即须就寝，直至翌晨八时天已大明方许坐起），真无殊长眠。当吾初入狱时，见一般老号友对于囚之死者，毫无戚容，反谓"官司打好了"，深诧其无情。后乃知彼等心理皆以为与其活着慢慢受罪，反不如死爽快也。

　　以上琐琐叙述大狱生活，吾兄阅后，或将以为弟居此环境中，将如何哀伤痛苦，其实不然，弟只有忧时之心。一息尚存，终当努力奋斗。现时所受之苦难，早在预计之中，为工作过程所难免，绝不值什么伤痛也。因此弟之精神甚为健康，绝不效贾长沙之痛哭流涕长叹息；惟坚忍保持此健康之精神。如将来犹有容我为社会工作之机会，固属万幸。否则亦当求在狱能比较健康而死。弟并无丝毫悲观颓丧之念也。与吾同号者，尚有五人，彼等官司皆在十年以上，时常咨嗟太息，以为难望生出狱门，我尽力慰解彼等，导之有希望，导之识字读书，导之行乐开心（下棋唱歌），一面使彼等有生趣，一面使我每日的生活亦不空虚。当彼等诅咒此大狱生活时，我尝滑稽地取笑说："我们是世间上最幸福的人。每天一点事不做，一点心不操，到时候有人来请睡，一睡就是十四点钟；早上有人来请起，饭做好了就请我们吃；难道还不够舒服么？"同时又叙述遭受天灾或兵灾区域难民的痛苦，冰天雪地中沙场战士的生活，我们较之，实已很舒服。自然任何人都愿在沙场征战而死，不愿享受大狱的舒服。吾之为此言，一面取笑，一面亦示人世间尚有其他痛苦存在，不可只看到自己也。即如吾兄现时之生活，想来亦必有许多难处，不过困难内容性质与弟完全不同耳。弟处逆境，与普通人不同处，即对于将来前途，非常乐观。这种乐观，并不因个人的生死或部分的失败、一时的顿挫，而有所动摇。弟现时所最难堪者，为闲与体之日现衰弱，恨不能死于战场耳！每日天将明时，枕上闻军营号声，不禁神魂飞越！嗟乎！吾岂尚有重跃马于疆场之日乎？

一九三三年一月

⭐ 注释和品读

1. 王若飞 (1896—1946)，贵州安顺人。青年时代曾参加过辛亥革命和讨袁运动。1919 年 10 月，赴法国勤工俭学。1922 年 6 月，与赵世炎、周恩来等发起成立旅欧中国少年共产党，积极从事马克思主义的宣传，同年秋加入法国共产党。1923 年 4 月，转为中国共产党党员。1923 年赴苏联莫斯科学习。1925年3月回国，先后任中共北方区委巡视员、中共中央训练部主任、中共豫陕区委书记。1926年调上海任中共中央秘书部主任。大革命失败后，先后任中共江苏省委常委、农民部部长和宣传部部长。1928年6月，赴莫斯科出席中国共产党第六次全国代表大会，后任中共驻共产国际代表团成员、中国农民协会驻农民国际代表，并入列宁学院学习。1931年回国，在包头因叛徒出卖被捕。1937年获释。同年8月到达延安，先后任中共陕甘宁边区委员会宣传部部长、统战部部长。1938年起任中共中央华中工作委员会、华北工作委员会秘书长，兼任八路军副参谋长。1940年起历任中共中央秘书长、中央党务委员会主任等职。1944年11月起任中共南方局工委书记，主持南方局日常工作。1945年6月，在中共七大上当选为中央委员。同年8月，随毛泽东、周恩来赴重庆同国民党谈判。1946年1月，代表中共方面出席在重庆召开的政治协商会议。同年4月8日，由重庆返回延安途中因飞机失事于山西省兴县黑茶山遇难，终年50岁。

2. "恨身之蹉跎"一句，指的是王若飞在包头被逮捕入狱。王若飞1928年赴苏联参加中共六大后，担任中共驻共产国际代表团成员。1931年回国后，因叛徒出卖，在内蒙古包头被国民党政府逮捕，至1937年出狱。

3. 楠梓豫章，指楠木、梓木、豫章木，其木质坚硬耐腐。

4. 贾长沙，指西汉文学家贾谊，曾任长沙王太傅，后任梁怀王太傅。梁怀王坠马死后，贾谊常常伤感哭泣，不久病逝。

这是王若飞1933年1月写给表姐夫熊铭青的一封信。当时，王若飞被关押在内蒙古包头已有一些时日，处境十分艰难，暂时也看不到出狱的希望。在恶劣的环境中，王若飞大义凛然，毫不气馁，而且还坚持进行斗争。这封致表姐夫的信，介绍了狱中生活状况，表达了不畏艰险、百折不挠的革命精神。

信的大意有四层：其一，表达壮志难酬的痛苦和置生死于度外的豪迈气概。正值岁尾年头最易动人感情，他百感交集，写道："念国难之日急，恨身之蹉跎，冲天有志，奋飞无术。""至于我辈，只有隐忍以候。个人生命，早置度外。"其二，介绍狱中以苦作乐的生活状况。他介绍，由于久居狱中，长年不见日光，环境阴湿秽浊，气血衰退，皮肉虚浮，偶尔擦破，常致溃烂。"人间地狱，信非虚语。"监狱里，终日如在昏暮，甚至不能细辨同号者面貌。冬季被要求晚6时须就寝、晨8时方许坐起，每天睡14小时。他形象地比喻"有人谓矿工生活，是埋了没有死，大狱生活，是死了没有埋"。其三，介绍不屈不挠的狱中斗争。他说："一息尚存，终当努力奋斗。"苦难早在预计之中，绝不值得伤痛，并无丝毫悲观颓丧之念也。信中还谈及自己对狱友的开导、教诲和帮助，包括"导之有希望，导之识字读书，导之行乐开心"等。其四，表达乐观精神。他说："弟处逆境，与普通人不同处，即对于将来前途，非常乐观。"信末，还勾画了重返军营跃马于疆场的愿望。

"死里逃生唯斗争，铁窗难锁钢铁心！"这封信反映了王若飞狱中苦难生活的真实处境，折射出了他在狱中不屈不挠、坚持斗争的崇高气节。当时，监狱当局为了破坏狱中斗争，打破了"共产党政治犯"单独囚禁的常规，先后把普通犯人与政治犯关押于一处，企图让他们监视王若飞的行动，并要求按时向上"报告"。王若飞耐心机智地对这些人进行开导、教育，深入宣传革命真理，结果竟然将监狱变成了"革命者的学校"。很多难友提高了觉悟，与共产党人站在一起，展开更大规模的狱中斗争。经过长期的斗争和党组织的营救，关押6年后王若飞终于获释，实现了重新跃马于疆场、枕上闻军号的愿望。王若飞这封反映监狱斗争的信，读来朗朗上口，既有铿锵表达又有细致描写，既有慷慨陈词又有时局关怀。全信表现出了王若飞信仰越经磨炼越坚定、意志越经砥砺越顽强的高贵品质，对激励共产党人克服艰难险阻、战胜各种挑战具有特殊的教益。

阅读
感悟

我入党之时就抱定视死如归的意志

——钟志申致兄长钟志炎、钟志刚（1928 年 3 月 10 日）

志炎、志刚二兄：

我的案子突然变得严重，可能无出狱希望，这并不可怕。当我入党之时，就抱定视死如归的意志。我认定，共产党一定会胜利，革命一定会成功。我牺牲生命，把一切贡献于革命，是为了寻找自由，为了全国人民求得解放。我知道我的牺牲，不会白牺牲，我的血不会白流。因为血债须用血来还。党会给我报仇，你们会给我报仇。要记住：共产党是杀不绝的啊！

你们接到这封信时，可能我已不在人世了。我死不足惜，但继母在堂，子女年幼，周氏不聪，全赖你们维持、抚育，安慰他们不要悲痛。桃三成人，可继我志，我无念。

民国十七年三月十日

志申　笔

注 释

1.钟志申（1893—1928），湖南省湘潭县韶山冲人。童年和毛泽东在韶山钟家湾等地私塾同学。1925年，毛泽东回韶山开展农民运动，钟志申积极参加革命活动，同年6月，加入中国共产党，是韶山党支部最早的五位党员之一。先后担任中共韶山总支部委员、分支部书记、中共湘潭第一区委员会组织部长和第一区农民协会执行委员。1927年，在长沙府正街以开货铺为名，担任中共湖南省委交通员，从事党的地下工作。1928年年初，由于叛徒告密，不幸被捕入狱。3月12日，在长沙英勇就义，时年35岁。

2.志炎、志刚，指钟志申的哥哥。

3.周氏，指钟志申的妻子。

4.桃三，指钟志申的儿子。

六、孜孜以求的敬业精神

行百里者半九十。中华民族伟大复兴，绝不是轻轻松松、敲锣打鼓就能实现的。全党必须准备付出更为艰巨、更为艰苦的努力。

幸福绝不是天地鬼神赐给的

——何叔衡致义子何新九（1929年8月3日）品读

 书信原文

新九：

　　许久未发家信了，我亦未接得家信，只有嗣女转来数语，云你尚能负担侍养你老母的责任，这是非常欣幸的。前阅报章，云湖南夏秋又遭旱灾，并且非常普遍，到底情形怎样？颇难释念！我在外身体甚好，所学所行，均能如愿，毋烦挂念。你老母近况如何？全家大小怎样？各至戚家情形怎样？地方情形怎样？日用所需价格怎样？家中耕种畜牧情形怎样？务请你详细列表写告！我甚不愿意你十分闭塞，对于亲戚邻近人家也要时常走谈一下，讨论谋生处世的事，一切劳力费财的事，总要仔细想想。要于现时人生有益的才做。幸福绝不是天地鬼神赐给的，病痛绝不是时运限定的，都是人自己造成的。此理苟不明白，碌碌忙忙，一生没有出头之日。我平生对于过去的失败，绝不懊悔；未来的侥幸，绝不强求；只我现在应做的事，不敢稍为放松，所以免去许多烦恼。你能学得否？我知你大伯、三伯等，现在的齿发，怕不像从前了吧？你兄弟诸侄的能力，应比从前能独立了些吗？你如写信给我，应该要从有关系有意义的地方着笔，不要写些应酬话呢！我在外即写字也弄了几十元，但无法汇寄你老母及老伯用。又知此信到日，或在你老母生日左右，苟葆倩来，可以商量答复也。

祝大小全吉！

旧历六月二十八

衡　笔

⭐ 注释和品读

1.何叔衡（1876—1935），湖南省宁乡县人，中共党员，中共一大代表。清末秀才，1913年考入湖南省立第一师范。1914年，在长沙结识了志同道合的毛泽东，二人成为挚友。1918年4月，与毛泽东、蔡和森等组织成立新民学会，任执行委员长。1920年，参加长沙共产主义小组。1921年7月出席中共一大。会后，任中共湘区委员会委员。1928年赴苏联莫斯科中山大学，与徐特立、吴玉章、董必武、林伯渠等被编在特别班一起学习。1930年回国，任共产国际救济总会和全国互济会主要负责人。次年11月，赴中央苏区，历任中华苏维埃共和国中央执行委员会委员、临时中央政府工农检察人民委员、内务部代理部长和中央政府临时最高法庭主席等职。1934年10月，红军主力长征后，留在根据地坚持斗争。1935年2月24日，从江西转移去福建途中，在长汀突围战斗中壮烈牺牲。

2.嗣女，指何实嗣，何叔衡的女儿，共产党员，早年做党的地下工作。

3.旧历一九二九年六月二十八，公历是1929年8月3日。

何叔衡是党的一大代表，是早期的无产阶级革命家。毛泽东称赞其"叔翁办事，可当大局"。这封信应是他1929年在苏联莫斯科写下的家书。信中表达了他在异国他乡对家乡的牵挂，对义子做人做事提出了明确要求，约略谈了自己的人生态度。

信的大意有三层：其一，问询家乡近况，了解家人近况。他问，湖南夏秋旱灾到底情形怎样？全家大小怎样？各至戚家情形怎样？地方情形怎样？日用所需价格怎样？家中耕种畜牧情形怎样？务请你详细列表写告！连续6个"怎样"的发问，体现出对家乡的人和事的十分关切。其二，教育义子要用自己的努力去创造幸福。他教导义子多与亲戚邻居走谈交流，多做于人生有益的事，涉及劳力费财的事要多思考多谋划。他提出："幸福绝不是天地鬼神赐给的，病痛绝不是时运限定的，都是人自己造成的。"其三，表明自己的人生态度。他说，"我平生对于过去的失败，绝不懊悔；未来的侥幸，绝不强求；只我现在应做的事，不敢稍为放松"。既表明了走上革命道路的坚定决心，同时又说明自己将继续努力不懈、奋斗不止。信末又拉家常。阅读这封信，最大的意义就是领会其中关于通过努力创造幸福的思想认识。这封家书以坦诚朴实的形式谈出勤奋敬业的思想，真实可信，给人以持久的启迪。

古代圣贤说："一粥一饭当思来之不易，半丝半缕恒念物力维艰。"这是历来中国千家万户共同坚守的人生信条。关于通过努力创造幸福的看法，也符合马克思主义的价值观。马克思主义创始人说过，"劳动是人的第一需要"。自力更生、艰苦奋斗，用双手创造美好的生活，历来是中国共产党人所提倡的。"幸福绝不是天地鬼神赐给的。"当前，我们处在新时代，担负新使命，一定要坚持砥砺奋进、永远奋斗，不信邪不走捷径不搞变通，踏踏实实做好手中的工作，锐意进取、顽强拼搏，凝聚起同心共筑中国梦的磅礴力量。

阅读
感悟

实施正确的决定要靠很强的组织工作

——周恩来致林伯渠、马明方等（1947年5月30日）品读

 书信原文

林、马、王、贾、曹、周诸同志：

西北局关于扩军的决定，已收到。改得很好，其规定的动员步骤，也很合实际需要。目前问题，就在如何使这个决定能成为实际工作中的指南，这就要靠很强的组织工作了。

今天我们在此地接触了这样一个问题：安塞县委根据延属第一次决定（在扩军决定前），于五月中曾通知各区动员参加游击队，每区规定若干，此地七区规定六十多名。他们正在依此标准分配数目，而县委第二次决定（即扩军决定）又到，并由县府张科长亲来七区传达（现已到白庙岔一乡传达），规定七区应动员一百七十人至游击队，其办法为一星期（至阴历十五日，离今天只三天，但各乡才开始布置）完成规定数目，两星期听候集中。第一次要求为不离区的游击队，这一次可能离区游击，但仍不说加入正规军。宣传口号说人人有加入游击队、正规军的权利和义务，但动员的却只说加入游击队，时间又这样促。依此乡调查，全乡有二百户，人口一千零几十，据估计十七岁到四十五岁的壮丁只一百三十多人，分配的扩军数目是三十六名（十七到三十五岁）。全区有八百户，近四千人口，据估计十七到四十五岁的壮丁，只五百多

人，要动员十七到三十五岁的壮丁一百七十名，几乎占了同岁数壮丁的大半数，甚至过之。但究竟如何，区乡两级都没有很好调查。此地去年十月今年二月两次扩军，均公开宣传到教导旅与独立团，本乡动员十一人，已有三个跑回来了。对家属的照顾，并无特别办法，只由其同家的兄弟代为生产，到过年时，政府略为调剂。一切动员的方法都是命令的，五抽二，三抽一，就是这里的"派兵"办法，想各处也都如此。据区组织科长谈，县府张科长传达此决定，虽也讨论了一天多，但任务有六个：扩军、土革、生产、坚壁、治安、发展党，大家想想，仍只有强迫命令，说好听点，就是照分配完成任务。区组织科长及托夫那里的一个工作团同志（戈桓）来到这里与乡长、指导员、村代表讨论。大家也都说：还是派好，志愿不来，而且难公道，劝说的人将来遭埋怨，又难完成任务，尤其是一星期，更非如此不可。我们这里有七八个同志参加这一动员工作，都觉得这样做，与西北局决定精神不合，更主要的是要在群众中造成恐慌，为扩军造成恶果。但因未与你们商量，又未得县委同意，不便直接干涉，改变其决定。故只告诉区组织科长，可以将动员期限延长，不要忙于在一星期内完成数目。主要的要先将这一决定在乡村干部中说通，尤其要先将本乡中有关动员的各项材料（如壮丁人数、比例，抗属，党员，对扩军的认识与群众的情绪并联系到土地斗争、生产、劳力、党的工作等等）调查清楚，挨乡挨户谈好，然后再确定数目，规定动员办法，号召自动报名，与开动员大会等。照太行经验是弄通思想、解决问题、走群众路线三个问题，此地还须加上一项了解情况，并须坚决纠正上级不问情况限期完成数目，下级盲目服从依限按数分配，有了上级的官僚主义，自然就造成下级的强迫命令。

为纠正这一严重现象，防止因动员而造成恶果，提议你们赶速通知延属地委及安塞县委，要停止这一不妥当的办法，宁可因延期而推迟扩军完成的日期，不要因鲁莽草率而造成扩军恐慌。宁可因经过各级动员、了解情况、宣传扩军、说服群众、干部带头、自动报名、解决困难、走群众路线而费去许多人力时间，不要因强迫命令限期分配而造成动员、乡村、部队及党的工作中种种困难和恶果。我提议：

一、西北局应一方面电告延属地委纠正这一办法，一方面派人或约集延属地委来人至西北局谈通这一扩军的办法。

二、延属必须按照西北局决定的方针与指示，规定自己的切实动员办法，尤其要先从地委一级动员起，造成干部带头的空气与作风。

三、各县虽应有数目的规定，但首先应动员县级干部、弄通思想、改变作风，然后再至各区深入讨论，至各乡切实调查，定出切乎实际的动员办法，按乡挨户去宣传，从实际的了解中再修正自己的办法，务期做到群众懂得扩军参战的重要，并与其解决土地与生产问题联系起来，与解决抗属困难及改造党的问题联系起来。据我们所知，动员扩军，需要女同志参加去劝说妇女，此地我们有女同志参加此工作。

四、有了切实的动员与对实际情形的了解，然后再回至区委讨论，定出大致的分配数目与组织游击队及直接到正规军的办法。这里边特别需要干部带头，党员模范，然后再往各乡发动自动报名，召开群众大会，逐步完成自愿扩军的任务。

五、在动员中，如需先解决土地斗争或生产问题，即在解决这些问题中联系到扩军或打下扩军基础，第二步再行扩军。至治安坚壁可在动员中联系起来做，不要都成为主要任务，有碍中心。

六、依上述步骤，也许第一月只能做到地委、县、区的动员，或开始进行乡村的调查与宣传。如到第二月，进行调查与宣传，又联系到土地斗争与生产时，则实行自动报名不妨推迟至第三月。自然在敌占区附近，动员的步骤和时间，不必这样长，参加游击队也许需要更快些，但方法仍是要从了解情况做起。

七、在宣传上，扩军必须公开向群众说，加入游击队与加入正规军可由群众自愿，但又须说明游击队打久了也有调入正规军的可能与必要。使他们都有精神准备。

八、请你们就近与安塞县府张科长一谈。如同意，要他先行函告七区政府秘书，通知各乡动员，不忙分配，要先做一番调查访问与宣传，以便我们在此工作团亦可以此协助区委同志。

九、以上我所说的，只能做提议看。你们还应根据更多的更实际的情况加以考虑，并在讨论决定后告知我们。专致，并祝

进步！

周　恩　来
五月三十日

☆ 注释和品读

1.林，指林伯渠，湖南安福人。当时是中共中央西北局常务委员、西北局后方委员会党组成员、陕甘宁边区政府主席。

马，指马明方，陕西米脂人。当时任中共中央西北局副书记。

王，指王维舟，四川宣汉人。当时是陕甘宁晋绥联防军副司令员、中共中央西北局后方委员会党组成员。

贾，指贾拓夫，又名托夫，陕西神木人。当时是中共中央西北局常务委员、西北局后方委员会党组成员、西北财经办事处主任。

曹，指曹力如，陕西保安（今志丹）人。当时任中共中央西北局副秘书长。

周，指周兴，江西永丰人。当时是陕甘宁边区政府保卫处长、中共中央西北局后方委员会党组成员。

2.西北局关于扩军的决定，指1947年5月25日《西北局关于扩大西北人民解放军的决定》。主要内容有：一、蒋军胡宗南以其西北全部兵力倾巢进犯边区以来，我军三战三捷，挫敌锐气，歼敌主力，使敌我形势开始发生变化，并奠定了彻底消灭胡宗南、解放西北的胜利基础，敌必败我必胜的趋势日益明显。但我野战军在数量上仍少于敌人，为根本改变敌我形势，彻底消灭蒋胡主力，加速解放大西北，必须大大地扩

充我野战军。为此，西北局决定从今年六月至九月的四个月中，全边区进行热烈的参军运动，动员二万六千人参军。二、这一次参军运动，其任务是繁重的，但有充分条件是可以完成的。三、为要掀起群众参军热潮，干部和党员的带头和正确领导是有决定作用的。四、发动群众参军，应坚持放手民主，公开讨论，深入宣传鼓动，走群众路线，造成自愿参军热潮。五、此次动员之新战士应保证良好质量，反对滥扩充数，以年龄十七岁至三十岁、身体强壮者为标准（干部年龄不限，以身体健壮、适合军队工作为标准），严防地痞、流氓、土匪、反革命分子混入。六、此次参军运动，时间为四个月，其步骤大体应当首先在边区、分区、县、区、乡的干部中，进而在各机关、部队、农村支部的党员中详细传达，热烈讨论，酝酿成熟，动员干部、党员参军，精确掌握干部党员的参军人数和质量。把这一步工作确实做好，然后由参军的干部与党员配合当地干部到群众中去，发动群众的参军运动。七、各级党组织必须以此作为第一个中心任务，全面配合，全力以赴。从西北局到每个党员，全体紧张动员起来，为完成参军任务，建设强大无敌的西北人民解放军而奋斗。

3. 延属，是陕甘宁边区的一个分区，辖延安、子长、延川、延长、志丹、安塞、甘泉、富县、固临九个县和延安市。这里指中共延属地委，辖上述九个县委和一个市委。解放战争期间，延属地委归中共中央西北局领导。

这是 1947 年 5 月 30 日周恩来围绕如何做好征兵组织工作问题，写给林伯渠等同志的书信。当时，我们党领导的人民军队正从战略防御向战略进攻转化，前方战线十分紧张，征兵的任务非常繁重。能不能做好征兵的工作，对于打赢战争具有重要意义。在这封信中，周恩来提出了实施正确决定要靠很强的组织工作的主张，对征兵工作中出现的问题进行了认真分析，并提出了具体的解决办法。选自《周恩来书信选集》，中央文献出版社 1988 年 1 月出版。

信的内容主要有下列 4 层意思：

第一，提出正确的决定要由强有力的组织工作来提供保障。开篇，周恩来简洁明了地指出："如何使这个决定能成为实际工作中的指南，这就要靠很强的组织工作了。"这是我们党的一个卓有成效的重要方针，时至今日仍然是我们党开展工作的重要武器。

第二，明确指出现行征兵工作存在的问题。周恩来认为，主要问题有：（1）时间安排不合理，过于急促。要求"一星期完成规定数目"，但离规定时间只有三天"各乡才开始布置"。（2）新兵去处不明确。信中指出，"兵员的第一次要求为不离区的游击队，这一次可能离区游击，但仍不说加入正规军。宣传口号说人人有加入游击队、正规军的权利和义务，但动员的却只说加入游击队。"（3）征兵数量安排不科学。信里分析，"全乡有二百户，人口一千零几十，据估计十七岁到四十五岁的壮丁只一百三十多人，分配的扩军数目是三十六名（十七到三十五岁）。全区有八百户，近四千人口，据估计十七到四十五岁的壮丁，只五百多人，要动员十七到三十五岁的壮丁一百七十名，几乎占了同岁数壮丁的大半数，甚至过之。但究竟如何，区乡两级都没有很好调查。"（4）征兵任务的落实不合民情民意，谋划欠周到。信里提出，名额分配实际是靠强迫命令，说好听点，就是照分配完成任务。周恩来指出，这样做，与西北局决定精神不合，甚至会在群众中造成恐慌，"为扩军造成恶果"。

第三，提出解决问题思路。周恩来说，因未与西北局商量，又未得县委同意，不便直接干涉，改变其决定。所以，初步只是让区组织科长将动员期限延长，避免造成紧张。他认为，正确的解决思路是：先开展调查研究，摸清实情后，拿出切合实际的具体办法，在做通群众工作的基础上稳步推进征兵工作。具体可以这样谋划，先将本乡中有关动员的各项材料调查清楚，挨乡挨户谈好，然后再确定数目，规定动员办法，号召自动报名，与开动员大会等。安塞县要借鉴太行经验，弄通思想、解决问题、走群众路线，避免因上级的官僚主义造成下级的强迫命令，要坚决纠正上级不问情况限期完成数目、下级盲目服从依限按数分配的错误做法。为了纠正这一严重现象，防止因动员不慎而造成恶果，周恩来提议西北局赶速通知延属地委及安塞县委，停止这一不妥当的办法。他提出，宁可延期完成扩军任务，也不要因鲁莽草率而造成扩军恐慌。

第四，提出具体解决办法。周恩来提出9条具体措施：一是，西北局应一方面电告延属地委纠正这一办法，一方面派人或约集延属地委来人至西北局谈通这一扩军的办法。二是，延属必须按照西北局决定的方针与指示，规定自己的切实动员办法，尤其要先从地委一级动员起，造成干部带头的空气与作风。三是，各县虽应有数目的规定，但首先应动员县级干部、弄通思想、改变作风，然后再至各区深入讨论，至各乡切实调查，定出切乎实际的动员办法。四是，有了切实的动员与对实际情形的了解，然后再回至区委讨论，定出大致的分配数目与组织游击队及直接到正规军的办法。五是，动员中如需先解决土地斗争或生产问题，打下扩军基础再行扩军。六是，根据实际依上述步骤调整时间。信中提议根据工作进度安排具体步骤，又分解放区和敌占区提出不同建议。七是，在宣传上，扩军必须公开向群众说，加入游击队与加入正规军可由群众自愿，但又须说明游击队打久了也有调入正规军的可能与必要。八是，提出加强交流的工作方式。他请西北局就近与安塞县府张科长交流，要他先行函告七区政府秘书，通知各乡动员，不忙分配，要先做一番调查访问与宣传。九是，提出以上看法只能做提议看。他提议西北局根据更多的更实际的情况加以考虑。

这是一封工作信函，围绕如何做好征兵的组织工作作了非常具体的指导。周恩来作为党中央的主要领导人，到安塞县发现征兵工作存在的问题后，高度重视并做出正确指示，提出工作思路和具体建议。这些指导对纠正征兵工作存在的问题具有重要作用，有力地促进了征兵工作的顺利完成，避免造成不必要的恐慌。这封信体现了周恩来极强的政治敏锐性和高超的领导能力，同时也体现了他对党的事业的高度负责和孜孜以求的敬业精神。对党员领导干部来说，尽心尽力做好本职工作是基本要求。周恩来的这封信，给我们树立起了一个尽职尽责、精益求精的光辉榜样，也给我们提供了一个先调查研究摸透事情之后再制定切实可行办法的典型例子。新时代赋予新使命，新时代要有新作为。当前，奋力实现中华民族伟大复兴的中国梦，党员领导干部要始终保持对待事业、使命、职责的敬畏态度和负责精神，把敬业奉献作为生活方式，熟练掌握并正确运用调查研究工作方法，在勤奋执着富有成效的工作中促进事业胜利前进。

 阅读感悟

调查一个最坏的生产队
调查一个最好的生产队

——毛泽东致田家英（1961年1月20日）品读

 书信原文

田家英同志：

（一）《调查工作》这篇文章，请你分送陈伯达、胡乔木各一份，注上我请他们修改的话（文字上，内容上）。

（二）已告陈胡，和你一样，各带一个调查组，共三个组，每组组员六人，连组长共七人，组长为陈、胡、田。在今、明、后三天组成。每个人都要是高级水平的，低级的不要。每人发《调查工作》(1930年春季的）一份，讨论一下。

（三）你去浙江，胡去湖南，陈去广东。去搞农村。六个组员分成两个小组，一人为组长，二人为组员。陈、胡、田为大组长。一个小组（三人）调查一个最坏的生产队，另一个小组调查一个最好的生产队。中间队不要搞。时间十天至十五天。然后去广东，三组同去，与我会合，向我作报告。然后，转入广州市作调查，调查工业又要有一个月，连前共两个月。都到广东过春节。

毛泽东

一月二十日下午四时

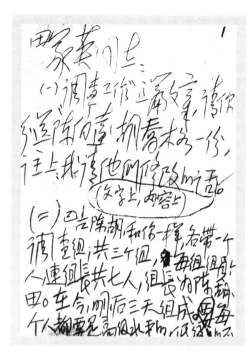

毛泽东致田家英（1961 年 1 月 20 日）—1

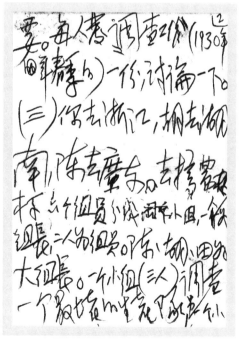

毛泽东致田家英（1961 年 1 月 20 日）—2

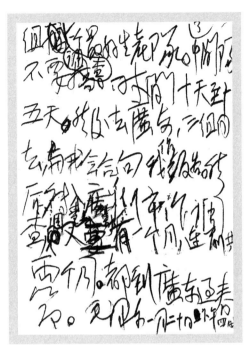

毛泽东致田家英（1961 年 1 月 20 日）—3

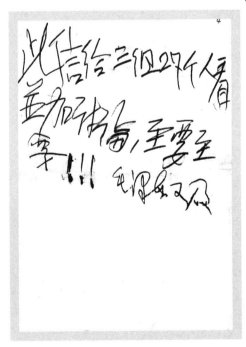

毛泽东致田家英（1961 年 1 月 20 日）—4

此信给三组二十一个人看并加讨论，至要至要!!!

毛泽东又及

⭐ **注释和品读**

1.《调查研究》，是毛泽东 1930 年 5 月写的一篇关于调查研究的文章。1964 年收入《毛泽东著作选读》时，将原题《调查研究》改为《反对本本主义》。

2.陈、胡，指陈伯达、胡乔木。

这是 1961 年 1 月 20 日毛泽东同志给田家英写的一封信。信中，毛泽东同志向田家英等有关同志布置了去农村开展调查研究的任务，同时阐明了调查研究的工作方法。选自《毛泽东书信选集》，中央文献出版社 2003 年 11 月出版。

在这封信中，毛泽东根据当时深入开展农村调查研究的紧迫性，手把手地教给田家英调查研究的工作方法。信的内容非常简短，却具有很大的信息量，而且蕴含着一整套务实管用的调查研究工作方法。文中传递出的调查研究工作方法主要有 5 个方面：一是明确调研任务。就是到农村深入调查生产队的情况。二是建立高素质调研团队。人是关键要素，打仗靠得力干将，调研也要靠高素质的人马。没有得力的人员，再好的部署也没有办法实施。毛泽东要求调研成员都要是高级水平的，低级的不要。三是明确调研方式。他要求组成三个调研组到最好和最坏的生产队去，分赴浙江、湖南、广东三省开展调研，每组 7 人；要求每个组又分成两个小组，一个小组调查最好的生产队，一个小组调查最差的生产队。还专门提出，不要调研中间生产队。这是阐明了调查研究应该注意的覆盖面，指出了调研应该针对的重点对象。四是确定合适的调研时间。建议每个小组在当地驻扎调查10至15天。这是一项比较深入的农村调研工作需要的基本时间单元，如此，才能避免走马观花，看个皮毛。五是集中汇报交流以掌握总体情况。要求三组到广东会合，集中交流了解到的真实情况，综合最好的生产队、最坏的生产队的情况进行分析，以对全局有个总的把握。在开展调查之前，毛泽东同志还部署整个调查队21个人都要通读一篇叫《调查工作》的文章。这就是让大家学习掌握调查研究的本领。

这封信反映了毛泽东对干部的悉心教育和认真指导，同时也呈现出了毛泽东开展调查研究的清晰、务实工作思路。在这个思路的背后，是毛泽东当年亲自在湖南、江西、福建等地进行实地调研的工作方法，也是他广泛深入了解中国实际的工作经历、工作经验。这种对事业高度热爱、对工作高度负责的精神，恰恰是今天我们阅读这封信时能够超越简短信文获得的更高感受。客观地说，毛泽东之所以能够真切了解中国实际，之所以能够领导中国共产党从小到大、由弱到强，其中一个重要的原因就是他善于开展实事求是的调查研究，善于从千头万绪、纷繁复杂的表象中找到事物的内在实质。应该说，毛泽东的调查研究方法至今仍然科学有效。

在党的十九届一中全会上，习近平总书记突出强调全党要大兴调查研究之风，指出：正确的决策离不开调查研究，正确的贯彻落实同样也离不开调查研究。当前，各地党员领导干部围绕如何深入贯彻落实党的十九大精神开展调研时，仍然要学习运用毛泽东的调查研究方法。调研组接到上级指派的调研任务后，就要根据实际安排调研线路，要选一些有代表性的地区，比如分别到东、中、西的不同省份，到北方地区和南方地区，到发达地区、中部地区和欠发达地区开展调查研究。到农村调研，也提倡要驻点蹲点，开展访谈座谈，深入田间地头查看实情，掌握真实情况，获得科学决策参考资料。其中，就包含有组织调研队伍、选择调研地点、规划调研时间、设计调研路线、准备调研提纲等。这些安排，毛泽东的这封信都扼要地作了强调。真正读懂弄通这封信，对于打好调查研究的基本功很有裨益。

阅读
感悟

本月当为全面反攻开始月份

——毛泽东致朱德、刘少奇（1947年6月14日）

朱刘：

各电均收，处置很对。少奇身体有进步否，望安心休息一个月，病愈再工作。我们身体均好，我比在延安时好得多了。我们自四月中旬移至大理河上游，安静地过了差不多两个月。本月九日至十一日，刘戡四个旅到我们驻地及附近王家湾卧牛城青阳岔等处游行一次，除民众略受损失外，无损失。现刘军已向延安保安之间回窜，其目的全在骚扰。总结边区三个月战争：第一个月地方工作有些混乱。第二个月起即已步入正轨，党政军民坚定地向敌人作斗争。敌人内部互相埋怨日渐增多，士气日渐下降，对前途悲观。我们则信心甚高，士气甚壮。彭习率野战军上月底到陇东，因青马八二师颇顽强，打合水未得手，但歼灭骑二旅一个团及宁马八一师一个团于曲子附近。目前正攻环县八一师主力，拟先打开西面包围线，然后向关中进击。陈谢纵队本月休整，决于七月一日西调，协同边区兵团开辟西北局面。东北方面进展极快，不到一个月歼敌六个师（旅）以上，收复三十余城，增加五百万人口，目前正攻四平。山东自歼七四师后局面已稳定，现正计划新的攻势作战。刘邓本月休整，准备月底出击，并新组四个纵队，今后该区将有八个纵队作战。就全局看，本月当为全面反攻开始月份。你们在今后六个月内如能（一）将晋冀察军事问题解决好；（二）将土地会议开好；（三）将财经办事处建立起来，做好这三件事，就是很大成绩。

毛 泽 东
六月十四日

注 释

1.刘戡，时任国民党军整编第二十九军军长。

2.彭，即彭德怀，时任中国人民解放军西北野战军司令员兼政治委员。习，指习仲勋，时任中国人民解放军西北野战军副政治委员。

3.青马，指青海军阀马步芳部。

4.宁马，指宁夏军阀马鸿逵部。

5.陈谢纵队，指陈赓任司令员、谢富治任政治委员的晋冀鲁豫野战军第四纵队。

6.边区军团，指中国人民解放军西北野战军。

7.刘邓，指刘伯承任司令员、邓小平任政治委员的晋冀鲁豫野战军。

七、对同志的深情厚谊

全党一定要自觉维护党的团结统一，保持党同人民群众的血肉联系，巩固全国各族人民大团结，加强海内外中华儿女大团结，团结一切可以团结的力量，齐心协力走向中华民族伟大复兴的光明前景。

每一个同志就义时都没有任何一点惧怕

——裘古怀致中国共产党和全体同志（1930年8月27日）品读

 书信原文

伟大的中国共产党和全体亲爱的同志们！当我在写这封信的时候，国民党匪徒正在秘密疯狂地屠杀着我们的同志，被判重刑的或无期徒刑的同志，差不多全被迫害了！几分钟以后，我也会遭到同样的被迫害的命运。

伟大的党！亲爱的同志们！我非常感激你们。由于党给我的教育，使我认识了这社会的黑暗，使我认识了革命，使我成为一个有生命的人。现在在这最后的一刹那，我向伟大的党和你们致以最崇高的敬礼！

我愿意我为真理而死！遗憾的是自己过去的工作做得太少，想补救已经来不及了。在监狱里，看到每一个同志在就义时都没有任何一点惧怕，他们差不多都是像去完成工作一样跨出牢笼的，他们没有玷辱过我们伟大的、光荣的党。现在我还未死，我要说出我心中最后的几句话，这就是希望党要百倍地扩大工农红军；血的经验证明，没有强大的武装，要想革命成功，实在是不可能的，同志们，壮大我们的革命武装力量争取胜利吧！胜利的时候，请你们不要忘记我们！

裘 古 怀

八月二十七日

⭐ 注释和品读

1. 裘古怀 (1905—1930)，又名古槐，字述卿，化名周乃秋，浙江奉化人。1920 年考入位于宁波的浙江省立第四师范学校，1923 年加入中国国民党。1924 年加入中国共产党。1925 年五卅惨案后，参加查禁日货、英货，支援上海工人的反帝斗争。同年 11 月赴广州，考入黄埔军校第四期政治科。次年 7 月受派到国民革命军第四军叶挺独立团，从事宣传工作。后参加北伐，作战勇敢，攻克武昌后，任宣传大队长。1927 年 3 月，任叶挺领导的第十一军二十四师政治部宣传科长。1927 年 8 月，参加八一南昌起义，因负伤回宁波隐蔽养伤。次年 1 月去杭州从事秘密斗争，2 月任共青团萧山县委书记，4 月任中共浙西特委委员，5 月任特委常委，8 月组织兰溪秋收暴动，任共青团省委常委，后任代理书记。1929 年 1 月被捕，关押于浙江陆军监狱。1930 年 3 月，狱中建立中共特别支部，当选为宣传委员，与难友一起坚持狱中斗争。同年 8 月 27 日在杭州英勇就义，年仅 25 岁。

2. 1930 年 8 月，国民党对全国革命形势的不断发展无比恐惧。工农红军攻打长沙后，国民党疯狂地进行报复。密令各地监狱，将县、地区以上共产党员斩尽杀绝。浙江陆军监狱当局也下了毒手，决定枪杀徐英、裘古怀、罗学瓒、李临光等一批共产党人。8 月 27 日清早，裘古怀眼看着被判重刑的难友被杀害了，自己也将遭到同样的命运，就赶紧伏在地上写了两封遗书。一封给伟大的党，一封写给自己的妻子。

裘古怀写给伟大的党和全体同志的这封信，是英勇就义前的绝笔，全文慷慨悲歌、豪气干云。该信是在极短时间内草就的，行文真挚激昂，没有一丝多余的雕饰，没有一点外在的矫揉，真情地表露了自己对党的无比忠诚和对同志的高度热爱。这封情感炽烈的书信，从深情呼唤党组织和全体同志开篇，准确记述了这个时刻"国民党匪徒正在秘密疯狂地屠杀着我们的同志"的事实。同时交代了自己几分钟后也将遭到被迫害致死的命运。临终，他抓住这宝贵的几分钟向党组织致敬，感谢党组织和同志们的教育。他说："由于党给我的教育，使我认识了这社会的黑暗，使我认识了革命，使我成为一个有生命的人。现在在这最后的一刹那，我向伟大的党和你们致以最崇高的敬礼！"信中，扼要而又深情地记述了一起就义的同志从容赴死的高大形象。他说："在监狱里，看到每一个同志在就义时都没有任何一点惧怕，他们差不多都是像去完成工作一样跨出牢笼的，他们没有玷辱过我们伟大的、光荣的党。"他动情地倡议党百倍地扩大工农红军，通过壮大革命武装力量争取胜利。"为有牺牲多壮志，敢教日月换新天。"为了实现崇高的革命理想，裘古怀用生命成就了信仰，简短的信文承载着沉重的政治追求，他对组织的忠诚和对同志的热爱，为广大党员干部树立了永不褪色的光辉榜样。

阅读感悟

你是我二十年前的先生
现在仍然是我的先生

——毛泽东致徐特立（1937年1月30日）品读

 书信原文

徐老同志：

　　你是我二十年前的先生，你现在仍然是我的先生，你将来必定还是我的先生。当革命失败的时候，许多共产党员离开了共产党，有的甚至跑到敌人那边去了，你却在一九二七年秋天加入共产党，而且取的态度是十分积极的。从那时至今长期的艰苦斗争中，你比许多青年壮年党员还要积极，还要不怕困难，还要虚心学习新的东西。什么"老"，什么"身体精神不行"，什么"困难障碍"，在你面前都降服了。而在有些人面前呢？却做了畏葸不前的借口。你是懂得很多而时刻以为不足，而在有些人本来只有"半桶水"，却偏要"淌得很"，你是心里想的就是口里说的与手里做的，而在有些人他们心之某一角落，却不免藏着一些腌腌臜臜的东西。你是任何时候都是同群众在一块的，而在有些人却似乎以脱离群众为快乐。你是处处表现自己就是服从党的与革命的纪律之模范，而在有些人却似乎认为纪律只是束缚人家的，自己并不包括在内，你是革命第一，工作第一，他人第一，而在有些人却是出风头第一，休息第一，与自己第一。你总是拣难事做，从来也不躲避责任，而在有些人则只愿意拣轻松事做，遇到担当责任的关头就躲避了。所有这些方面我都是佩服你的，愿意继续地学习你的，也愿意全党同志学习你。当你六十岁生日的时候写这封信祝贺你，愿你健康，愿你长寿，愿你成为一切革命党人与全体人民的模范。此致
革命的敬礼!

毛 泽 东

一九三七年一月三十日于延安

⭐ 注释和品读

1. 徐特立（1877—1968），原名徐懋恂，又名徐立华，字师陶，湖南长沙人。1911 年参加辛亥革命，1913 年任长沙师范学校校长。1919 年远赴法国勤工俭学。1927 年 5 月，在"白色恐怖"中，毅然加入中国共产党，参加南昌起义。1928 年到苏联莫斯科中山大学学习。1930 年回国后进入中央革命根据地。1931 年 11 月，当选为中华苏维埃共和国中央执行委员会委员，任中华苏维埃共和国临时中央政府教育部代部长。1934 年，以 57 岁的高龄参加长征。抗日战争爆发后，以八路军高级参谋长的名义任八路军驻湘办事处主任，后任中共中央宣传部副部长。新中国成立后，曾任中央人民政府委员会委员，中共第七、八届中央委员。1968 年 11 月在北京逝世，享年 91 岁。

2. 1913 年至 1919 年，徐特立在湖南省第一师范学校任教期间，毛泽东曾在那里求学。

这是 1937 年 1 月 30 日毛泽东在延安窑洞里写给徐特立的 60 岁生日贺信，当时徐特立在陕北保安。选自《毛泽东书信选集》，中央文献出版社 2003 年 11 月出版。

党中央和毛泽东给徐特立祝寿，这在我们党的历史上是一个特别的安排。中国共产党自1921年成立以来，始终不主张在党内为个人搞祝寿活动。毛泽东等党和国家领导人在世时以身作则，多年如一，坚持不为自己做寿。但是，也有例外，革命战争时期，我们党就先后为徐特立举行过两次公开的祝寿活动。一次是，1937年1月当中国工农红军经过二万五千里长征到达陕北之后，此时徐特立年届六十。另一次是，1947年2月1日，全国范围的解放战争已经打响，胡宗南的部队正在向延安步步进逼，此时徐特立年届七十。当然，毛泽东提议破例给徐特立老人祝寿，并非出于他和徐特立的师生情谊。1937年1月为徐特立安排的这次祝寿活动，具有特殊意义。鉴于徐特立自1927年参加革命，特别是他以57岁高龄参加长征，以超人毅力克服难以想象的千难万险，胜利到达陕北的壮举，他本人已成为红军队伍中让人振奋与感动的楷模。此刻，为徐特立祝寿特别有助于鼓舞红军指战员的士气。

这封信的起笔，非同凡响。毛泽东写道："你是我二十年前的先生，你现在仍然是我的先生，你将来必定还是我的先生。"当时，毛泽东已经是全党全军的领袖，在党内享有很高的威望。如此称呼徐特立，既说明了徐老在党内的元老地位，也说明了徐老的品格得到了党内的高度尊重，更说明了毛泽东的虚怀若谷。紧接着，毛泽东从8个层次，用正反对比的手法，充分肯定了徐特立的工作特色、革命意志和高尚品格。一是，1927年大革命失败，许多共产党员临阵退缩甚至投敌，而徐特立却在这个时刻毅然入党。二是，有些人畏葸不前，而徐特立却比许多青壮年党员还要积极肯干。三是，有些人本来只有"半桶水"却偏要"淌得很"，而徐特立却是懂得很多却时刻以为不足。四是，有些人心中不免藏着一些腌腌臜臜的东西，而徐特立却心里想的就是口里说的与手里做的。五是，有些人似乎以脱离群众为快乐，而徐特立却任何时候都同群众在一块。六是，有些人似乎认为纪律只是束缚人家的，自己并不包括在内，而徐特立却处处表现出自己就是服从党的与革命的纪律之模范。七是，有些人是出风头第一，休息第一，与自己第一，而徐特立却是革命第一，工作第一，他人第一。八是，有些人只愿意拣轻松事做，遇到担当责任的关头就躲避，而徐特立却总是拣难事做，从来也不躲避责任。毛泽东说，"所有这些方面我都是佩服你的，愿意继续地学习你的，也愿意全党同志学习你。"信末，毛泽东向徐特立致了诚挚的生日祝贺，祝愿徐特立成为一切革命党人与全体人民的模范。

如此尊崇的致敬，如此高度的赞誉，来自毛泽东给青年时代的恩师、此时仍战斗在革命第一线的党内元老徐特立的生日贺信，读来让人神往不已。徐特立出生在一个贫寒的农家，青年时代就向往进步，景仰孙中山，曾经参加过辛亥革命。在长沙第一师范执教期间，他最得意的学生便是风华正茂的毛泽东。徐特立身上尤为可贵的是，在42岁时克服了一般中年人常有的人生消极态度，毅然远赴重洋前往法国勤工俭学。1927年，他又以知天命之年在白色恐怖中毅然加入了中国共产党。红军开始长征时，他又以57岁高龄义无反顾地向渺无人烟的雪山草地进发，成为红军队伍中年龄最大的长征老兵。终其一生，徐特立为党的事业兢兢业业，生命不止、奋斗不息。透过这封信，我们看到的不仅是毛泽东作为党的领袖对老师的深情和爱戴，不仅是对党内元老的高度尊崇，更是对革命同志的热爱和对革命事业的珍重。

阅读
感悟

艰巨的岗位有你担负
千千万万的人心都向往着你

——周恩来致郭沫若（1946年12月31日）品读

 书信原文

沫若兄：

    别两月了，相隔日远。国内外形势正向孤立那反动独裁者的途程中进展，明年将是这一斗争艰巨而又转变的一年。只要我们敢于面对困难，坚持人民路线，我们必能克服困难，走向胜利。孤立那反动独裁者，需要里应外合的斗争，你正站在里应那一面，需要民主爱国阵线的建立和扩大，你正站在阵线的前头。艰巨的岗位有你担负，千千万万的人心都向往着你。我们这一面，再有一年半载，你可以看到量变质的跃进。那时，我们或者又携手并进，或者就演那里应外合的雄壮史剧。除在报纸外，你有什么新的诗文著作发表？有便，带我一些，盼甚盼甚。

    匆匆。顺祝

新年双好，阖家健康！

周 恩 来
十二月三十一日　延安

超托致意。

✪ 注释和品读

1. 郭沫若（1892—1978），四川乐山人，原名郭开贞，字鼎堂，笔名沫若等，现代文学家、历史学家、新诗奠基人之一。1914 年赴日本留学，1918 年入日本九州帝国大学医科学医，后弃医从文。1923 年回国，1924 年后接受马克思主义，倡导革命文学。1927 年参加八一南昌起义。1928 年因被国民党政府通缉被迫流亡日本，1930 年参加左联。1937 年抗日战争全面爆发后，在周恩来直接领导下，组织和团结国民党统治区的进步文化人士，从事抗日救亡运动。1946 年 6 月、10 月曾作为第三方面的代表赴南京参加国共谈判的工作，反对国民党的独裁统治和发动内战的阴谋，并拒绝参加国民党一手包办召开的国民大会。新中国成立后，历任中国文联主席，中央人民政府委员，政务院副总理兼文化教育委员会主任，中国科学院院长兼哲学社会科学部主任，中国人民保卫世界和平委员会主席、中日友好协会名誉会长，第一、二、三、五届全国政协副主席，是中国共产党第九、十、十一届中央委员。1978 年 6 月 12 日，因病长期医治无效，在北京逝世，终年 86 岁。

这是 1946 年年终周恩来致郭沫若的书信，当时国内局势非常复杂，我们党和人民军队面临巨大的挑战。军事上，1946 年 6 月 26 日，国民党以 30 万军队围攻中原解放区，向解放区发动了全面进攻，全面内战正式爆发。国民党依靠优势兵力对共产党解放区展开了全面进攻，但被解放军挫败。1946 年 6 月至 1947 年 6 月，解放军处于战略防御阶段，战争主要在解放区进行。政治上，1946 年年底，国民党纠集中国民主社会党、中国青年党召开制宪国民大会，制定"中华民国宪法"，并选举民国总统。我们党和民盟等民主党派强烈反对和抵制，国共关系全面破裂。在 1946 年前后，周恩来与郭沫若有多封通信，信中简短言语，对这一时期的诸多重大历史关碍多有涉及。这封写于 1947 年元旦前一日的书信，思想激昂乐观，内容简约明确而又十分重要，情感交流真挚，非常耐读。该信选自《周恩来书信选集》，中央文献出版社 1988 年 1 月出版。

信的大意有三层。一是交流对时局的看法，坚定必胜的信心。周恩来指出，"国内外形势正向孤立那反动独裁者的途程中进展，明年将是这一斗争艰巨而又转变的一年。只要我们敢于面对困难，坚持人民路线，我们必能克服困难，走向胜利。"二是提议扩大爱国战线，请郭沫若发挥民主爱国阵线的领头作用。他说，合作孤立反动独裁者，需要里应外合的斗争，郭沫若正站在"里应"那一面。他认为，需要建立和扩大民主爱国阵线，郭沫若正站在爱国阵线的前头。他诚挚地提出："艰巨的岗位有你担负，千千万万的人心都向往着你。"希望郭沫若更好地发挥民主爱国阵线领军人物的作用。三是展望即将到来的胜利。周恩来认为，再有一年半载，就可以看到由量变促成质变的跃进。他展望："那时，我们或者又携手并进，或者就演那里应外合的雄壮史剧。"信末，周恩来表达了阅读郭沫若新作的热切盼望。实际上，这封迎新年、话时局的书信，恰恰是邀请郭沫若发挥领导作用，发展壮大民主爱国阵线的重大部署。虽是个人信函的往来，实则是党中央部署在国统区掀起一波又一波文化战线斗争浪潮的号角。

在中央文献出版社出版的《周恩来书信选集》300 封信中，致郭沫若的信就有 15 封，占据极大篇幅，足见周恩来和郭沫若之间深厚的友谊和深入的交流。两人之间的真诚交往，亲切倾心的私谊与爱党爱国的大义在信中都展露无遗，很好地展现了周恩来和郭沫若两人的性情和胸襟。阅读这封信，最大的收获是，领会周恩来对建立和壮大民主爱国战线的精心部署，领会周恩来对郭沫若发挥民主爱国阵线领导作用的诚挚邀请。革命事业的成功来之不易，每条战线的壮大都需要用心用情用力，每个领域的胜利都来自于精心地部署、稳健地推进。新时代要有新气象新作为，就要团结一切可以团结的力量，动员一切可以动员的资源。

阅读
感悟

毛岸英的牺牲是光荣的

——周恩来致毛泽东、江青（1951年1月2日）

主席、江青同志：

毛岸英同志的牺牲是光荣的。当时我因你们都在感冒中，未将此电送阅，但已送少奇同志阅过。在此事发生前后，我曾连电志司党委及彭，请他们严重注意指挥机关安全问题，前方回来的人亦常提及此事。高瑞欣亦是一个很好的机要参谋。胜利之后，当在大榆洞及其他许多战场多立些纪念中国人民志愿军的烈士墓碑。

周 恩 来

一·二

注 释

1.毛岸英（1922—1950），湖南湘潭人，毛泽东的长子。1950年11月25日在抗美援朝战争中牺牲。

2.志司，指中国人民志愿军司令部。

3.彭，指彭德怀（1898—1974），湖南湘潭人。当时任中共中央政治局委员、中央人民政府人民革命军事委员会副主席、中国人民志愿军司令员兼政治委员。

    4.大榆洞，地名，位于朝鲜民主主义人民共和国平安北道，是当时中国人民志愿军总部所在地。

去雨花台凭吊烈士
一时情不自禁潸然泪下

——陈赓致妻子傅涯（1957年3月8日）

亲爱的涯：

在南京整整工作十一天，检查了军事学院、总高级步校及南京军区的工作。收获确是不小，但是没有得到休息。失眠又发作，只好恢复吃水药，吃水药后又可以每夜睡到六小时了，只是没有水药就不行。明天准备去长江两岸及宁沪线上作实际勘察，预料半个月后才能到达上海，这样的勘察旅行，可能对我的身体有好处。这次在南京，曾乘暇去雨花台凭吊烈士，在许多陈列的照片中，发现了很多是我过去的老战友和难友，一时情不自禁，潸然泪下，因此，想到我还活着，较之他们（烈士）占了大便宜，若果我还不振作，如今有些疲惫感的话，那我太对不起他们了。

这几天总是想着您和儿女们，涯子的活泼天真时时绕着我的心灵，有时竟想早些言归，但我不能这样做。你们的情况希望得到您的报知，到上海后无论如何要通一次电话。我这次准备到宁波，我很想去沥海所一游。到上海再写信给您。

祝

你好！

吻你并建、进、庶、涯！

您的赓

三月八日

注　释

1.陈赓（1903—1961），原名陈庶康，湖南湘乡人。1921年，在长沙参加"青年救国会"等群众团体，积极从事反帝爱国活动。1922年12月加入中国共产党。1923年2月，参加湖南"二七"惨案的罢工和示威。1923年6月，任"湖南外交后援会"执行委员，参加反日斗争并负伤。1924年5月考入黄埔军校第一期，毕业后留校任连长、副队长，参加了讨伐陈炯明的东征等战斗。1926年秋，被派到苏联学习，1927年年初回国。8月，参加南昌起义。8月底在贺龙领导的第二军任营长。1928年起，主持中共中央特科的情报工作。1931年9月赴鄂豫皖苏区，任中国工农红军第四方面军团长、师长。长征中任干部团团长。到陕北后任第一军团第一师师长，参加了直罗镇、东征、西征、山城堡等战斗。抗日战争爆发后，任八路军第一二九师第三八六旅旅长。1940年任太岳军区司令员，次年任太岳纵队司令员，参与领导创建晋冀豫根据地。抗日战争胜利后，率太岳纵队参加上党战役。1946年7月，率第四纵队和太岳军区部队转战晋南。1947年8月与谢富治率晋冀鲁豫野战军主力一部，强渡黄河，挺进豫西，开辟豫陕鄂解放区。参加淮海战役作战。1949年任人民解放军第四兵团司令员兼政委，率部横渡长江，解放南昌。1950年2月进驻昆明，任西南军区副司令员、云南省人民政府主席、云南军区司令员。1951年参加抗美援朝，任中国人民志愿军副司令员兼第三兵团司令员、政委。1952年6月回国，筹办并任人民解放军军事工程学院院长兼政委。1954年10月任人民解放军副总参谋长。1955年被授予大将军衔。1956年当选为中共第八届中央委员。1958年9月兼任国防科学技术委员会副主任。1959年9月任国防部副部长。1961年3月16日在上海病逝。

2.沥海所，地处浙江省绍兴市上虞区西北部，旧时为曹娥江入海处，因其乃海防要区，明代驻兵防守设所，故得此名。傅涯是上虞沥海人。

3.建、进、庶、涯，指陈赓的儿子陈知建、女儿陈知进、儿子陈知庶、儿子陈知涯。

八、对亲人的挚爱

家庭是社会的基本细胞，是人生的第一所学校。不论时代发生多大变化，不论生活格局发生多大变化，我们都要重视家庭建设，注重家庭、注重家教、注重家风，发扬光大中华民族传统家庭美德，促进家庭和睦，促进亲人相亲相爱，促进下一代健康成长，促进老年人老有所养，使千千万万个家庭成为国家发展、民族进步、社会和谐的重要基点。

我梦里也不能离你的印象

——瞿秋白致妻子杨之华（1929 年 7 月 15 日）品读

 书信原文

之华：

临走的时候，极想你能送我一站，你竟徘徊着。

海风是如此的飘漾，晴明的天日照着我俩的离怀。相思的滋味又上心头，六年以来，这是第几次呢？空阔的天穹和碧落的海光，令人深深的了解那"天涯"的意义。海鸥绕着桅樯，像是依恋不舍，其实双双栖宿的海鸥，有着自由的两翅，还羡慕人间的鞅掌。我俩只是少健康，否则如今正是好时光，像海鸥样的自由，像海天般的空旷，正好准备着我俩的力量，携手上沙场。之华，我梦里也不能离你的印象。

独伊想起我吗？你一定要将地名留下，我在回来之时，要去看她一趟。下年她要能换一个学校，一定是更好了。

你去那里，尽心的准备着工作，见着娘家的人，多么好的机会。我追着就来，一定是可以同着回来，不像现在这样寂寞。你的病怎样？我只是牵记着。

可惜，这次不能写信，你不能写信。我要你弄一本小书，将你要写

143

的话，写在书上，等我回来看！好不好？

秋　白

七月十五

⭐ 注释和品读

1. 瞿秋白（1899—1935），江苏常州人。1917 年秋考入北京俄文专修馆学习。五四运动爆发后，参加领导北京爱国学生运动，被选为专修馆学生总代表，组织社会实进社。1920 年年初参加马克思学说研究会，后以北京《晨报》记者身份赴苏俄实地采访。1922 年春，在莫斯科期间正式加入中国共产党。1923 年 1 月回国，担任中共中央机关刊物《新青年》《前锋》主编和《向导》编辑。从 1925 年起，瞿秋白先后在党的第四、五、六次全国代表大会上，当选为中央委员、中央局委员和中央政治局委员。1927 年，在大革命失败的危急关头，瞿秋白主持召开了八七会议，确立了土地革命和武装反抗国民党反动派的总方针。会后，他担任中共中央临时政治局委员、常委、主席，主持党中央工作。1931 年被解除中央领导职务后，到上海和鲁迅一起领导左翼文化战线的斗争。1934 年年初进入中央革命根据地，任中华苏维埃共和国第二届中央执委会委员、人民教育委员会委员、中华苏维埃共和国中央政府教育部部长等职。中央红军长征后，他留在南方坚持游击战争，任中共苏区中央分局宣传部部长。1935 年 2 月，在福建长汀县突围不成被捕。6 月 18 日在长汀就义，时年 36 岁。

2. 1929 年 7 月，瞿秋白从苏联莫斯科前往德国法兰克福，参加国际反帝同盟大会。

3. 鞅掌，指事务繁忙的样子。语出《诗经·小雅·北山》："或栖迟偃仰，或王事鞅掌。"

4.“你去那里”，指 1929 年 8 月杨之华从莫斯科前往海参崴，参加太平洋劳动大会。

5.“娘家的人”，指参加太平洋劳动大会的中国工人代表。

瞿秋白是中国共产党早期主要领导人之一，伟大的马克思主义者，卓越的无产阶级革命家、理论家和宣传家，中国革命文学事业的重要奠基者之一。这是瞿秋白 1929 年 7 月 15 日在旅途中写给妻子杨之华的信，瞿秋白在信中表达了对妻子的浓浓爱意。选自《红色家书》，党建读物出版社 2016 年 10 月出版。

信的开篇，作者直抒胸臆：“临走的时候，极想你能送我一站，你竟徘徊着。”简单的语句，举笔一挥，就表达了热烈的期望和若有若无的失落。紧接着又写道，“海风是如此的飘漾，晴明的天日照着我俩的离怀”。字里行间，溢满的是离愁别绪。瞿秋白是党内的文学家，在这封信中，他以娴熟的笔触和炽热的言辞，深情诉说了离别的相思、远行人的眷念，也表达了革命者事业如山的责任意识。在信里，瞿秋白叮嘱妻子珍惜见到“娘家人”的宝贵机会，认真参加国际劳动工人的会议，尽心做好参会的各项工作。

瞿秋白与妻子杨之华的通信，充满革命激情和浪漫情调。1929 年 3 月 12 日，他在致妻子的信中写道：“我只是想着你，想着你的心——这是多么甜蜜和陶醉。我的爱是日益的增长着，像火山的喷烈……”这封信也是如此，富有革命热情又文采飞扬，读后让人备受鼓舞、倍感愉悦。中国共产党人有血有肉，历来坚持事业至上，秉承为人民服务的宗旨，倡导对亲人的挚爱。爱人民和爱亲人是一致的，二者统一在为民情怀上。

阅读感悟

希望你不要忘记母亲是为国而牺牲的

——赵一曼致儿子陈掖贤（1936年8月2日）品读

 书信原文

宁儿：

母亲对于你没有能尽到教育的责任，实在是遗憾的事情。

母亲因为坚决地做了反满抗日的斗争，今天已经到了牺牲的前夕了。

母亲和你在生前是永久没有再见的机会了。希望你，宁儿啊！赶快成人，来安慰你地下的母亲！我最亲爱的孩子啊！母亲不用千言万语来教育你，就用实际行动来教育你。

在你长大成人之后，希望你不要忘记你的母亲是为国而牺牲的！

一九三六年八月二日

你的母亲赵一曼于车中

⭐ 注释和品读

1. 赵一曼（1905—1936），原名李坤泰，四川宜宾人。五四时期接受革命新思想。1923 年加入中国社会主义青年团。1926 年夏加入中国共产党。1927 年秋，去苏联莫斯科中山大学学习。次年回国，在宜昌、南昌和上海等地秘密开展党的工作。1931 年，九一八事变爆发后，被派往东北地区发动抗日斗争。先后任满洲总工会秘书、组织部部长，中共滨江省珠河县中心县委特派员、铁北区委书记，组织青年农民反日游击队与敌人进行斗争。1935 年秋，任东北抗日联军第三军第二团政治委员。作战中，身先士卒，作战勇敢，十分关心和爱护战士，被亲切地称为"我们的女政委"。11 月间，第二团被日伪军围困于一座山间，为掩护部队突围，身负重伤。后在珠河县春秋岭附近一农民家中养伤，被日军发现，战斗中再度负伤，昏迷被俘。1936 年 8 月 2 日，在珠河被敌杀害，时年 31 岁。

2. 宁儿，是赵一曼儿子陈掖贤的小名。

这是赵一曼 1936 年 8 月 2 日牺牲前写给儿子陈掖贤的信，信中充满了母亲对儿子的歉疚和期望，也表达了反满抗日至死不渝的爱国情怀。

赵一曼受过良好教育，有坚定的共产主义信念。她 1926 年 11 月进入武汉中央军事政治学校学习，1927 年 9 月去苏联莫斯科中山大学学习。回国后一直承担着繁重的革命工作。结婚生子后，为了完成党交给的任务，她无暇照顾孩子。从 1930 年起，她将才两岁的儿子陈掖贤，寄养在爱人陈达邦的大哥陈岳云家。九一八事变后，她被组织派遣到东北，同日寇和伪军作战在白山黑水之间。受伤晕倒被捕后，她受尽酷刑宁死不屈，拒不透露任何机密。临刑之前，她撰写给儿子的书信，深情表达对儿子的无限挚爱、无尽依恋，表达不能抚养儿子的深深歉疚，同时告诉儿子自己是为国牺牲的。如此视死如归的爱国志士，如此不屈不挠的共产党人，如此对儿子挚爱至深的中华儿女，为了革命事业宁可丢下至亲至爱的儿子也不向敌人屈服，带着对亲人深深的眷恋英勇就义，用生命写就了对祖国的大爱和对党的大忠！

董必武曾为赵一曼赋诗:"工农解放须参与,抗日矛头应在先。抗倭未胜竟成俘,不屈严刑骂寇仇。自是中华好儿女,珠河血迹史千秋。"阅读赵一曼致儿子的这封信,既要看到她对亲人的挚爱,也要铭记她对党对国的赤诚之心和献身精神。

阅读
感悟

再带给你十几个字

——左权致妻子刘志兰（1942 年 5 月 22 日）品读

 书信原文

志兰：

就江明同志回延之便再带给你十几个字。

乔迁同志那批过路的人，在几天前已安全通过敌之封锁线了，很快可以到达延安，想不久你可看到我的信。

希特勒"春季攻势"作战已爆发，这将影响日寇行动及我国国内局势，国内局势将如何变迁不久或可明朗化了。

我担心着你及北北，你入学后望能好好地恢复身体，有暇时多去看看太北，小孩子极需人照顾的。

此间一切如常，惟生活则较前艰难多了，部队如不生产则简直不能维持。我也种了四五十棵洋姜，还有二十棵西红柿，长得还不坏。今年没有种花，也很少打球。每日除照常工作外，休息时玩玩扑克与斗牛。志林很爱玩牌，晚饭后经常找我去打扑克，他的身体很好，工作也不坏。

想来太北长得更高了，懂得很多事了，她在保育院情形如何？你是否能经常去看她？来信时希多报道太北的一切。在闲游与独坐中，有时总仿佛有你及北北与我在一块玩着、谈着，特别是北北非常调皮，一时在地下、一时爬在妈妈怀里，又由妈妈怀里转到爸爸怀里来闹个不休，真是快乐。可惜三个人分在三处，假如在一块的话，真痛快极了。

重复说我虽如此爱太北，但是时局有变，你可大胆按情处理太北的问题，不必顾及我。一切以不再多给你受累，不再多妨碍你的学习及妨碍必要时之行动为原则。

志兰！亲爱的：别时容易见时难，分离二十一个月了，何日相聚？念、念、念、念！愿在党的整顿之风下各自努力，力求进步吧！以进步来安慰自己，以进步来酬报别后衷情。

不多谈了，祝你好！

叔　仁
五月二十二日晚

有便多写信给我。

敌人又自本区开始扫荡，明日准备搬家了。拟托孙仪之同志带之信未交出，一同付你。

⭐ 注释和品读

1. 江明，时任冀南军区第二军分区政治委员。
2. 乔迁，八路军前方总指挥部后勤部部长兼政治委员杨立三同志的爱人。
3. 北北、太北，指左太北，左权的女儿。
4. 志林，指刘志林，刘志兰的弟弟。
5. 叔仁，左权原名左纪权、左字林，字叔仁。

"收到你的思念时你已不在人间。"这是左权同志殉国前三天写给妻子的最后一封信。"亲爱的：别时容易见时难，分离二十一个月了，何日相聚？念、念、念、念！"这封信竟然在左权牺牲噩耗传回延安后，才送达刘志兰手中。真是烽火连天家国情，在战火纷飞的年月，本是"再带给你十几个字"的深情家书，满载思念和关爱，却成了临终绝笔。

百团大战之后，日军将八路军视为华北的眼中钉、肉中刺，为此进行了残酷残忍、灭绝人性的大扫荡。1942 年年初，日军接连向我晋东南根据地发动"总进攻"。2 月，日军采取"铁壁合围""捕捉奇袭"等手段，不断向八路军总部所在地区辽县（今左权县）麻田镇一带增兵，进行"扫荡"，被八路军击退。5 月，日军出动大兵团突袭八路军前敌指挥部，进行空前残酷的"五月大扫荡"。5 月 25 日，左权在山西辽县（现左权县）麻田附近指挥部队掩护中央北方局和八路军总部机关突围转移时，于十字岭战斗中壮烈牺牲，时年 37 岁。朱德总司令为其题诗："名将以身殉国家，愿拼热血卫吾华。太行浩气传千古，留得清漳吐血花。"

"烽火连三月，家书抵万金。"本来左权只想寄托思念草就"十几个字"，但感情如潮水涌流，一挥笔即急就五六百字。正是在这五六百字中，左权情思迸发，写下了这封感人至深的绝笔。（1）以最简约的文字刻写了对女儿的想念。"想来太北长得更高了，懂得很多事了，她在保育院情形如何？你是否能经常去看她？来信时希多报道太北的一切。"（2）真挚地白描了对天伦之乐的向往。他写道："在闲游与独坐中，有时总仿佛有你及北北与我在一块玩着、谈着，特别是北北非常调皮，一时在地下、一时爬在妈妈怀里，又由妈妈怀里转到爸爸怀里来闹个不休，真是快乐。可惜三个人分在三处，假如在一块的话，真痛快极了。"这份如今平常人家的幸福，那时却是将军最为珍贵的期待，因为他们作战在第一线，随时可能为国捐躯。（3）深情地与妻子交流。左权理性地交代妻子，如时局有变，则可大胆按情处理女儿事宜，不必顾及他本人。信末是深情的表达，"亲爱的：别时容易见时难，分离二十一个月了，何日相聚？"再有，就是四个诚挚的"念"，情真意切！

左权草就的这封致妻子的信，本是一份正常家书。不意三天后，竟然壮烈牺牲。一份普通的家书，成了最后的诀别。如此珍贵的"十几个字"，任谁读来能不为之扼腕叹息？几年前，这封信在《新湘评论》刊发后，人民网全文转发。2016 年，在著名大型视频节目《见字如面》，演员张国立以《再带给你十几个字》为题，朗读左权致妻子刘志兰的这封信，一时好评如潮，点赞爆棚！

左权将毕生精力贡献给了中国人民的解放事业，谱写了辉煌的革命生涯、军事生涯。这封家书，是抗战时期八路军高级将领的家书代表作，短短几段文字就勾勒出他婚姻生活和家庭生活的多彩世界。在信的字里行间，左权迸发出了对女儿冷暖关爱的骨肉亲情，迸发出了对妻子深深的眷恋。人的生命只有一次，然而，当一个人把有限的生命投身到革命事业中去，他的生命就得到了永生。

阅读
感悟

花前谈心　月下互勉

——彭雪枫致女友林颖（1941年9月14日）品读

 书信原文

楠：

决心是果断的具体表现，我两应为我们的前途庆幸！方式虽由于"介绍"，然而"爱"乃是由同志关系、政治条件、工作利益、双方前途，特别是性格与品质、相互印象诸复杂因素而自然促成的，而逐渐浓厚起来的。尤其是在击破困难、排除波折之过程中而更会浓厚起来的。倘若"轻易"而成，当不会事后回味之深长吧？比如我们的事业，要不经过艰难缔造的奋斗过程，那么巩固和壮大的程度当不如我们愿望的那样伟大吧。当然，一种小资产阶级的恋爱观，是另一种——花前月下，卿卿我我，这究竟是小资产阶级的呀！无产阶级先锋队则不然，这首先建立在政治上、工作上、性情上和品格上，自然同样也有花前月下，然而已经不是卿卿我我了，而是花前谈心，月下互勉，为了工作，为了事业，为了双方的前途！你同意我的话吗？我想同意的吧！因为你已经在做着了。

我郑重提出：双方对对方的希望上，千万不要"过奢"，尤其是在今天，在初恋，在恋爱定局之初期。俗话说：情人眼里出西施。一般人对他的爱人，是不容易看到缺点的，所以在起初，感情无限好，但日久天长，弱点逐渐暴露，情感就会淡了。因为这里头没有辩证地观察问题，更没有辩证地认识问题，当然也不会有正确的方法去解决问题了。人都有其优良的一面和缺陷的一面的。两面相照，发展其优良的一面，同时又要扬弃其缺陷的一面，主要靠自己，同时靠他人。只要对方在基本上是可爱的，是值得可爱的，那就够了。把功夫用在相互帮助相互教育相互鼓励上，这是我党对待同志的态度，也是恋爱双方互相对待的态度。倘若能够这样，则双方情感不仅不会越来越淡，相反必会越来越浓，以至白头偕老的。古人说"君子之交淡如水"，然后才能永才能长。夫妇相敬如宾，然后才能永才能长！这里头包含着"哲理"的，你品品它的滋味。

在上述基本观点和基本态度之下，我们相爱了，这种爱才是最正当最伟大最神圣的！同时也必能是最坚持最永久的！

所以，你对我的认识和了解，我知道乃是基于政治、党性、品格，而不是什么地位，地位算什么东西呢？同时，要求你，你必须还要了解我的另一面，急躁、激动，工作方式方法上之不够老练，对人对物有时过于尖锐，使人难堪，对干部有时态度过于严肃，加上某些场合下的不耐烦，使人拘束，涵养不到家。这一切都是我自己实行自我批判自我斗争，而同时请求你在更接近更了解的情况下帮助我去纠正的。对于你，聪明、豪爽、忠诚、多情、不怕危险困难而忠于党，这是好的一面，优良的一面，可是在另外的一面，高傲、虚荣心——像你所说的，再加上还欠切实，正是你的缺点，却需要你来努力克服的，倘若有了彻底认识，克服虽然必须一个过程，相信是会收到完满成果的。

我希望你的（虽然你已经在做着）是：

（一）加强自己思想意识上的锻炼。你的家庭生活环境熏陶着你，带来了非无产阶级的某些意识。在党对你不断的教育中，特别是在敌后两年烽火的斗争中已经锻炼得使你更坚强起来了，然而进步是无止境的，还需要加倍努力！最近党中央关于增强党性的指示，是我党自有历史以来最有意义最有教育价值的文献之一，你必熟读，妥为笔记，而主要还依靠于左右同志们的相互坦白检讨。区党委会有具体指示，如何去检讨的，特别应当参考着洛甫的《论待人接物》那篇文章，胡服同志《论共产党员修养》小册子，这对于我辈为人为党员为一个革命家，有着决定的作用的。

（二）留心政治，养成对政治的浓厚兴趣，一切应由政治观点上去观察问题。政治是任何一种工作职业的同志所必须具备的，理论修养之外，尤须注意政治形势，根据形势布置工作，分析形势推动形势改变形势，要多多的经常的在这方面用心下功夫啊！报纸电讯不应该放过一个字，一条新闻不能单纯看作一件新闻，而应分析它的实质。先从近处做起，渐而至于国际形势，抱定志向，做一个最实际的政治工作者，有修养的政治工作者。

（三）待人接物上，不要过于锋芒外露，大方之中含有腼腆。我始终没有忘记过一次毛主席在我外出进行统战工作时临别叮嘱的一句话："对人诚恳是不会失败的！"这句话今天拿来送给你，共同勉励吧。我总在惦记着 × 和 ×，特别是 ×，你今后对他的态度应该格外慎重，保持着同志的友谊，丝毫显不出所谓"裂痕"，使对方自觉的了解这是不得已的不得已，没有法子的事呀！应当不要忘记对他的安慰。同时又必须估计到，他是不会马上对你完全谅解的，即如一般女同志，特别是那些对你有了成见的人，在她们一闻风声之后，必有一番冷言冷语，一定有的，比如什么首长路线，诸如此类，你必须格外冷静，特别持重，不动声色，若无事然。即便是我，难道就保证无人说闲话么？不会的，我已经准备着"以不变应万变"了！凡是这样的事，首先还是决定于自已，像瑞龙同志所说的。忍耐些吧，一个风潮之后，就会逐渐平息的，注意我们的态度，我们的语言，我们的待人接物。更谦逊些，更诚恳些，更大方些，更刻苦努力些！

（四）工作，越下层越好锻炼，越深入越能具体了解，也就越能正确解决问题，越能建立信仰。女子生下来长大了是革命的是工作的是为大众谋利益的，而不是为的什么单纯性的问题。女子应有其独立的人格，更应有其培养独立人格的场合和环境。即便结婚了之后，我还是主张你应有你的独立的工作环境，我无权干涉你，也不会干涉你。

（五）你写得很好，你应该努力学习写作，记日记，写文章，把材料系统的组织起来写在纸上，这就是文章。要具体材料，不要空洞说理。要提高文化水平，要加强理论修养。你还年轻，我希望你工作之外，又是作家，必会有一天，你是一个帮助写作的有力助手！

亲爱的同志！一切美满的愿望，都是建立在政治、理智、情感、热心、努力、互助、互谅之上的！

保重你的身体！

送上社会科学基础教程一本

枫

9 月 14 日

⭐ 注释和品读

1. 彭雪枫（1907—1944），河南省镇平县人。1925 年 6 月加入中国共产主义青年团。1926 年 9 月转为中国共产党党员。1930 年年初到上海中共中央军委工作。5 月被派到苏区，先后任红军大队政治委员、纵队政治委员、师政治委员、江西军区政治委员、红军大学政治委员和中革军委第一局局长等职。1934 年 10 月参加长征，任中革军委第一野战纵队第一梯队队长、红三军团第五师师长，1935 年 2 月部队缩编后任红三军团第十三团团长。在攻克娄山关、遵义城的战斗中，率部担负主攻任务。9 月任陕甘支队第二纵队司令员。到陕北后任红一军团第四师政治委员，率部参加直罗镇、东征等战役。1936 年秋被派往太原等地，做团结各界爱国人士、联合阎锡山抗日的统一战线工作。抗日战争爆发后，任八路军总部参谋处处长兼驻晋办事处主任。1938 年春调赴河南确山竹沟，任中共河南省委军事部部长，组织训练抗日武装。同年9月组建新四军游击支队，任司令员兼政治委员，领导开辟豫皖苏边区抗日根据地，任中共豫皖苏边区委员会书记。后任新四军第六支队司令员兼政治委员、八路军第四纵队司令员。1941年皖南事变后，任新四军第四师师长兼政治委员、淮北军区司令员。1944年8月，执行中共中央关于向河南敌后进军的指示，指挥所部进行西进战役。9月11日，在河南夏邑八里庄指挥作战时英勇牺牲，时年37岁。

2. 楠，是林颖的别名。

3. 洛甫，指张闻天。《论待人接物》，指《论待人接物问题》。1938年7月，张闻天在抗日军政大学演讲，强调要有伟大的胸怀与气魄，要有"循循善诱"与"诲人不倦"的精神，对人要有很好的态度，要适当地对付坏人。

4. 胡服，指刘少奇。《论共产党员修养》，指刘少奇著的《论共产党员的修养》。

5. 瑞龙，指刘瑞龙，时任淮北行政公署主任。

彭雪枫是中国工农红军和新四军杰出指挥员、军事家，是有名的"军中才子"，被誉为"上马能打仗，下马写文章"的彭将军。投身革命20年，他不但率部在中原地区多次打退日军的"围剿"，还组建了新四军骑兵团、成立了南京陆军指挥学院的前身——新四军游击支队随营学校，并且创办了宣传抗日救国的报刊《拂晓报》。彭雪枫的书信，文笔流畅，情真意切，融军人的豪放与丈夫的细腻于一纸，被公认为战地情书中难得的精品。这是彭雪枫1941年9月14日写给女友林颖的一封信，诚恳地提出了双方的优点和不足，并指出努力的方向，展现了积极向上的恋爱观。

在这封信里，彭雪枫坦诚地向女友阐发了共产党人的恋爱观。他批驳了小资产阶级"花前月下，卿卿我我"的恋爱观，提倡"花前谈心，月下互勉"。他提出，把功夫用在相互帮助相互教育相互鼓励上，是我党对待同志的态度，也是恋爱双方互相对待的态度。他认为，如果能够做到相互之间的坦诚相待，双方情感"才能永才能长"，以至白头偕老。信中，彭雪枫还从五个方面对女友提出建议：一是加强思想意识上的锻炼，努力清除家庭生活环境熏陶带来的非无产阶级意识；二是留心政治，养成对政治的浓厚兴趣，一切应由政治观点上去观察问题；三是待人接物上，不要过于锋芒外露，应在大方之中含有腼腆；四是工作上深入基层锻炼，越深入越能具体了解，越能正确解决问题；五是应该努力学习写作，记日记，写文章，做一个帮助写作的有力助手。写了这封信十天后，9月24日，彭雪枫和林颖在淮北抗日根据地举行了简单的婚礼。

"家如夜月圆时少，人似流云散处多。"在战争年代，这是对军人夫妻生活的生动写照。婚后第三天，林颖就离开了驻地，返回淮宝县自己的工作岗位上去了。之后，这对新婚夫妻只能凭借鸿雁传书，来抒发自己对爱人的思念和眷恋。从1941年9月到1944年9月，彭雪枫共给林颖写了87封家书。今天，我们读彭雪枫的家书，特别是阅读他这封婚前的书信，不由得为他们的革命爱情而喝彩。正如他们的一封信中所说的，"我们忠诚坦白之于爱，一如我们忠诚坦白之于党"。他们的爱情产生在正义的战争之际，植根于崇高的信仰之中，在伟大的事业中培育成长，在为人民流血牺牲中升华。

阅读
感悟

脑力同体力都要同时并练为好

——朱德致女儿朱敏（1943年10月28日）品读

 书信原文

朱敏女儿：

　　我们身体都好。朱琦已在做事。高洁还在科学院。兹送来今年上半年的像片两张。你在战争中应当一面服务，一面读书，脑力同体力都要同时并练为好。中日战争要比苏德战争更迟些结束。望你好好学习，将来回来作些建国事业为是。

朱　德

康克清

1943.28/10

于延安

⭐ 注释和品读

　　1. 朱敏，是朱德的女儿，当时在苏联学习。

　　2. 朱琦，是朱德的儿子。

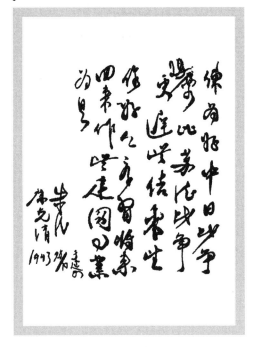

朱德致女儿朱敏（1943 年 10 月 28 日）—1

朱德致女儿朱敏（1943 年 10 月 28 日）—2

3.高洁，指贺高洁，朱敏的表姐，当时在延安自然科学院学习。

这是朱德和妻子康克清 1943 年 10 月 28 日写给女儿朱敏的一封信。选自《老一代革命家家书选》，中央文献出版社 1990 年 2 月出版。

信的开头，极其简练地交代了家里近况。切入正题，三句话就是三重意思。一是，勉励女儿全面发展，在战争中应当一面做好服务工作一面读书，同时把脑力和体力练好。二是，为身处苏联对德作战环境的女儿分析形势，指出中日战争要比苏德战争更迟些结束。三是，要求女儿好好学习，为建设祖国做准备，将来回来为新中国效力。

这封信，话虽不多，但字字千钧。一方面体现了对女儿的严格要求；另一方面表达了对女儿回来建设新中国的厚望。我们党历来倡导，领导干部要加强对子女的教育引导，要注重言传身教。朱德总司令率先垂范，他一生勤奋学习，即使在最紧张、最艰苦的岁月里，也从不放松学习。在这封信里，他对女儿的谆谆教诲和殷殷期望，为后人教育子女树立了良好示范，为新时代家风建设留下了宝贵的教子箴言。

阅读
感悟

延伸阅读

只要我俩心情紧紧靠拢在一起

——左权致妻子刘志兰（1941 年 5 月 20 日）

志兰，亲爱的：

一月二十七日与三月七日两信均于最近期内收到。

前托郭述申同志带给你一包东西：有几件衣服几张花布一封信，听说过封锁线时都丢掉了，可惜那几张布还不坏，也还好看，想着你替小太北做成衣服后，满可给小家伙漂亮一下，都掉了，这怪不得做爸爸的，只是小家伙运气太不好了。

时间过得真快，去年的现在你已进医院了，那时你还怕着这样顾虑着那样，我亦在担心着，但总在鼓你的勇气不要怕，几天后五月廿八日（大概是二十八日我记不准确了）太北就很顺畅的出世了。不久后我才把我去太南时你给我的信交还给你，证明你过多顾虑之非，不是么？到现在，今年的五月二十八差不几天就整整的一年了，太北也就一岁了。这个小宝贝小天使我真是喜欢她。现在长得更大更强壮更活泼更漂亮，又能喊爸爸妈妈，又乖巧不顽皮，真是给我极多的想念与高兴。可惜天各一方不能看到她抱抱她。哪里会忘记呢？在工作之余总是想着有你和她和我在一块，但今天的事实不是这样的。默念之余只得把眼睛盯到挂在我的书桌旁边的那张你抱着她照的相片上去，看了一阵也就给我很大的安慰了。

牡丹虽好，绿叶扶持，这是句老话。小太北能长得这样强壮、活泼可爱，是由于你的妥善养育，虽说你受累不少，主要的是耽搁了一些时间，但这也是件大事，不是白费的。你要我做出公平的结论，我想这结论你已经作了，就是说"我占了优势，你吃了亏"。不管适合程度如何，我同意这个结论。

两信均给我一些感动与感想。你回延后不能如我们过去所想象的能迅速处理小儿马上进到学校，反而增加了更多的烦恼，度着不舒适的日子、不快乐的生活。我很同情你，不厌你的牢骚。当看到你的一月二十七日信时，我很后悔，早知如此，当时不应同意你回延的处置，因为同意你回延主要的是为了你学习，既不能入学，小儿又不能脱身，在前方或许还方便一些。后来看到你的三月七日信，已找到保姆，小儿可以脱身，你可于四月初入学，我也就安心了。

你已经入学了，一定很快乐的。努力地在学习着，达到了你的目的也达到了我的愿望。我的一切你不要担心，也总可以放心。自去年反扫荡结束后，我们搬住一个大庙里，到现在已半年了。环境很平静，生活也很安定。建了一些新房子，种了不少菜，植了很多花，有牡丹、芍药、月季、玉簪以及桃李杏和菊花等。花园就在住室的门口，如去年住的小庙一样，不过这个规模大些。廿一号及王政柱、志林等同志都住在一起，很热闹。特别是花园很漂亮，桃李梨等已结果实了，不久就可以吃果实。牡丹花开得很漂亮，不久才完了。现在芍药花与月季花正在开着，比牡丹还漂亮。满院的香味比去年我们驻院的花好得多了。我本来不爱这些的，现在也觉很好，有些爱花的心理了。在我那张看花的照片上你可以看到一些，可是这只是花园的一角呢！你看好不好？你爱不爱？来吧，有花看还有果子吃呢！住地的周围与附近也是很好的。满川的树木结了不少的核桃、柿子、花椒以及其它等等。还有一条碧绿的水流着，真是太幸福了。我依然如故，身体也好，工作之余可以打球，惟牙痛有些增加。

志林身体也好，较前似胖了些，惟没有长高。工作安心，与同志关系也好，有些进步，现在除工作上课外在看《鲁迅全集》。他的一切我当照顾，不必担心，到适当时期他可以而且必须学习，我已考虑到了。现在的工作于他是适合的，也是个锻炼。

志林看到你给我的一月二十七日信后说"五姐的性情还是那样的急躁"。我很同意这句话。生太北后你确受累不少，耽搁了一些学习与工作，但这不是说就全无学习、全无进步，就落后就向后转了，这都不是事实。力求进步不愿后人这是好的，也是必须的。但以为有了太北就"毁灭了自己"，就加上了"重重的枷锁"，我不同意。因为这样的想法只是造成更多的不必要的烦恼与痛苦，造成"情绪很坏"，可能求得进步的机会也将抛弃。太北这样活泼可爱的宝贝不要打她，"打亦无济于事"，想来你爱她之心与我是一样的，或许"打她一顿"的话是向我发牢骚的，不是事实。希望这仅只是发牢骚，不是事实，那太北就幸福了。

二（应为三，编者注）月七日的信提到一些我俩共同生活上以及你回延时的一些问题，你提这些问题的心情我是了解的。我不作任何意外的猜想。但是在别人表面的看来可能作出不同的了解。我俩的感情是深厚的。一切当不致发生问题，虽说你估计我可能愈走愈远，我也不能肯定的回答，如一旦有必要须要我走远或走近时我是毫不犹豫的担当的，但不管走到哪里去，离开你有多么远，只要我俩的心情紧紧的靠拢在一起，一切就没问题了。我没忘记你，也不会忘记你，兰，相信我吧！

关于共同生活上的一些问题，你感到有些相异之处，有些是事实。部队生活有些枯燥，加上我素性沉默好静，不爱多言，也不长言说，文字拙劣，真诚热情不善表露，一切伪装做作更作不出来，也不是我所愿，对人只有一片直平坦白的真诚，你当能了解。看到共同生活中这些之处而作适当的调剂，使之在生活上更加接近与充实，也有其意义的，我总觉得这只是次要的问题。如果把问题提到原则一些，共同生活更久一些多习惯一些，那一切也就没问题了。志兰，你认为如何？

对不对?

在砖壁时是你极感痛苦的时候,我能了解。现在还时刻想着你带小儿那段生活及回延时经过中,有许多的事情,是不妥善的,非事实的。不只是"太感情"、"神经过敏",而简直是不应该,太欠考虑,太少原则性了。亲爱的志兰,我的终身情侣!我原谅你在苦闷的生活中写出这段话来。我本不愿提起这些,现在还不愿向你说明白的,因为刺激我太深了。

我同意你回延主要的是为了你的学习,因为在我们结婚起你就不断的提起想回延学习的问题。生太北后因小孩关系看到你不能很好的工作又不能更多的学习,以为回延后能迅速的处理小孩,能迅速的进校读书,当然是很好的。所以就毫不犹豫同意了你的提议。其实在你未提出回延问题以前我已有念头了。你走后有人说左权是个傻子,把老婆送到延安去。因他们不了解同意你回延主要的是为了你的学习,我也就不去理会他。而今你亦似不解似的,以"讨厌"等见责,给我难以理解了。我想你的这种了解是不应该的。

志兰!亲爱的,你走后我常感生活孤单,常望着有安慰的人在,你当同感。常有同志对我说把刘志兰接回来吧。我也很同意这些同志的好意,有时竟想提议你能早些返前方,但一念及你求知欲之高,向上心之强总想求进步,这是每个共产党员应有的态度。为不延误你这些,又不得不把我的望之切念之殷情打消忍耐着。另一问题就是顾及返前方后免不了又怀孕,将增多你的更多苦恼,所以心里总是矛盾着,直到现在还是矛盾。

你累次要我对你多提出意见,在过去的一段生活上,我回忆,一般的我觉得都很好。但我去太南时你给我的信以及三月七日的信给我印象颇深,两信中之共同缺点,就是顾生活问题过多,有些冲动,有些问题考虑不周。有的同志说你有些自负自大,只能为人之上,说话有些过于尖刻,这些我感觉还不深,既有此反映,值得注意。

你如已入学则一切都好了,你可安心学习,有暇照顾活泼可爱的孩子，我们的小宝贝。志兰！你是我终身的伴侣。

战局又有新的发展，晋南鄂西打得厉害，敌机到处轰炸。我们亦在紧张进行着我们应做的事。敌寇的造谣挑拨，亲日派顽固的诬蔑是劳而无功的。

你的身体不好，希多多注意休养，莫给我过多担心。

托人买了两套热天的小衣服给太北，还没送来，冬天衣服做好后送你，红毛线裤去冬托人打过了一次寄你。如太北的衣服够穿，你可留用，随你处理，我的问题容易解决。另寄呢衣一件、军衣一件、裤两条及几件日用品统希收用，牛奶饼干七盒是自造的还很好，另法币廿元，这是最近翻译了一点东西的稿费，希留用。

照片几张，均是最近照的，一并寄你，希安好。

不多写了，时刻望你的信。

祝你快乐，努力学习。

感谢叶群、慕林同志的问候，请代致谢。

你的时刻想念着的人，太北的爸爸
五月廿晚

注 释

1. 郭述申，时任新四军第二师政治部主任，赴延安途经晋西南。
2. 小太北，指左太北，左权的女儿。
3. 廿一号，指首长代号。
4. 志林，指刘志林，刘志兰的弟弟。
5. 砖壁，位于山西省武乡县蟠龙镇，当时是八路军总司令部驻地。
6. 法币，指当时国民党政府规定流通的纸币。1935 年 11 月 4 日，国民党政府规定以中央银行、中国银行、交通银行（后增加中国农民银行）发行的钞票为法币。

愿我能及时关切着你的病状而能助你啊

——邓颖超致丈夫周恩来（1942年7月7日）

来：

正以你为念，接到泰隆信，知你昨夜睡眠好，不曾受日间多人谈话的影响，悬念着的心，如一释重负，而感到恬适轻松！

真的，自从你入院，我的心身与精神，时时是在不安悬念如重石在压一样。特别是在前一周，焦虑更冲击着我心，所以，我就不自禁地热情地去看你，愿我能及时地关切着你的病状而能助你啊！

现在，你一天比一天好起来，而且快出院了，我真快活！过去虽不应夸大说度日如年，但确觉得一日之冗长沉重——假若我未曾去看你的话。我希望这几天更快地度过去，企望你，欢迎你如期出院。我想你一回来，我的心身内外负着的一块重石可以放下，得到解放一番，我将是怎样的快乐呢！

明天不来看你，也不打算再来，一心一意地在欢迎你回来，我已在开始整洁我们的房子迎接你了。现仅提你注意，出院前定要详细问下王大夫，以后疗养应注意的各种事项，勿疏忽为盼！

白药已搽了吗？是否还分一点留用？我拟明晚去看乃如兄并送药给他。情长纸短，还吻你万千！

颖妹　手草

七·七前夕

167

最好在出院前一二日试下地走动走动为宜，不知你以为如何？望问王大夫！

注 释

1. 邓颖超 (1904—1992)，河南光山人。五四运动时，与周恩来等共同领导天津学生爱国运动，组织觉悟社。1924 年加入中国社会主义青年团。1925 年转为中国共产党党员，并任中共天津地委妇女部部长，中共广东区委委员兼妇女部部长。同年与周恩来结婚。1927 年，任中共中央妇委主任。1928 年 10 月，任中共中央直属支部书记，从事党的秘密工作。1932 年赴中央苏区，曾任中共苏区中央局秘书长、中央政治局秘书、中央机关总支书记。1934 年参加长征。到陕北后，任中共中央机要科科长、中央白区工作部秘书等职。抗日战争时期，曾任八路军武汉办事处妇女组织员、中共中央长江局妇委会委员、中共中央南方局委员兼妇委书记等职。解放战争时期，曾任中共中央妇委副书记、代书记，中国解放区妇联筹备委员会委员。1949 年 4 月在中国妇女第一次全国代表大会上当选为全国妇联副主席兼党组副书记。9 月，当选为政协全国委员会常务委员会委员。新中国成立后，曾任全国妇联主席、党组副书记，中国人民对外友好协会名誉会长，第四、第五届全国人大常委会副委员长，中共中央纪律检查委员会第二书记，第十一、第十二届中共中央政治局委员，第六届全国政协主席等职。1992 年 7 月 11 日逝世。

2. 泰隆，指颜太龙，时任周恩来的少校副官。

3. 王大夫，指王励耕，重庆歌乐山国民党中央医院的外科主任大夫。

4. 乃如，指伉乃如，周恩来在南开中学时的化学老师。

意志可以克服病情

——毛泽东致女儿李讷（1958年2月3日）

李讷：

　　念你。害病严重时，心旌摇摇，悲观袭来，信心动荡。这是意志不坚决，我也常常如此。病情好转，心情也好转，世界观又改观了，豁然开朗。意志可以克服病情。一定要锻炼意志。你以为如何？妈妈很着急，我也有些。找了小员、院长计苏华、主治大夫王历耕、内科大夫吴洁诸同志今天上午开了一会，一致认为大有好转。你昨夜睡了九小时，你跑出房门在小廊上看画报。白血球降下来了，特别是中性血球，已恢复正常。他们说不成问题，确有把握，你可以放心。这点发烧，应当有的，完全正常。妈妈很不放心，打了电话给她，她放心了。李讷，再熬几天，就可完全痊愈，怕什么？我的话是有根据的。为你的事，我此刻尚未睡，现在我想睡了，心情舒畅了。诗一首：青海长云暗雪山，孤城遥望玉门关。黄沙百战穿金甲，不斩楼兰誓不还。这里有意志。知道吗？你大概十天后准备去广东，过春节。愿意吧。到那里休养十几天，又陪伴妈妈。亲你，祝贺你胜利，我的娃！

爸　爸

二月三日上午十二时

半睡状态执笔，字迹草率，不要见怪。有话叫小员来告我。

注 释

1."青海长云暗雪山，孤城遥望玉门关。黄沙百战穿金甲，不斩楼兰誓不还。"这是唐代诗人王昌龄所写的《从军行七首》中的一首，第四句原为："不破楼兰终不还。"

九、高度自觉的律己意识

一个人能否廉洁自律，最大的诱惑是自己，最难战胜的敌人也是自己。一个人战胜不了自己，制度设计得再缜密，也会"法令滋彰，盗贼多有"。希望同志们，"吾日三省吾身"，做到严以修身、严以用权、严以律己，谋事要实、创业要实、做人要实。古人讲："君子为政之道，以修身为本。"中国传统文化历来把自律看作做人、做事、做官的基础和根本。《论语》中就说，要"修己以敬""修己以安人""修己以安百姓"。古人所推崇的修身齐家、治国平天下，修身是第一位的。我们共产党人更应该强化自我修炼、自我约束、自我塑造，在廉洁自律上作出表率。

绝不能为一身一家谋升官发财以愚懦子孙

——何叔衡致义子何新九（1929年2月3日）品读

 书信原文

新九阅悉：

　　接十一月祖父冥寿期，由葆代笔之信，甚为感慰。我承你祖父之命，托你为嗣，其中情节，谁也难得揣料。惟至此时，或者也有人料得到了！现在我不妨说一说给你听：一、因你身瘠弱，将来只可作轻松一点的工作；二、将桃媳早收进来；三、你只能过乡村永久的生活，可待你母亲终老。至于我本身，当你过继结婚时，即已当亲友声明，我是绝对不靠你给养的。且我绝对不是我一家一乡的人，我的人生观，绝不是想安居乡里以善终的，绝对不能为一身一家谋升官发财以愚懦子孙的。此数言请你注意。我挂念你母亲，并非怕她饿死、冻死、惨死，只怕她不得一点精神上的安慰，而不生不死的乞人怜悯，只知泣涕。

　　我现在不说高深的理论，只说一点可做的事实罢了。1.深耕易耨的作一点田土；2.每日总要有点蔬菜吃；3.打长要准备三个月的柴火；4.打长要喂一个猪；5.看相、算命、求神、问卦及一切用香烛钱纸的事（敬祖亦在内），一切废除；6.凡亲戚朋友，站在帮助解救疾病死亡、非难横祸的观点上去行动，绝对不要作些虚伪的应酬；7.凡你耳目所能听见的，手足所能行动的，你就应当不延挨、不畏难的去做，如我及芳宾等你不能顾及的，就不要操空心了；8.绝对不要向人乞怜、诉苦；9.凡一次遇见你大伯、三伯、周姑丈、袁姊夫、陈一哥等，要就如何做人、持家、待友、耕种、畜牧、事母、教子诸法，每一月要到周姑丈处走问一次，每半月到大伯、七婶处走一次，每一次到你七婶处，就要替她担水、提柴、买零碎东西才走，十九女可常请你母亲带了，你三伯发火时，你不要怕，要近前去解释、去慰问；10.你自己要学算、写字、看书、打拳、打鸟枪、吹笛、扯琴、唱歌。够了！不要忘记呀！你接此信后，要请葆华来（要你母亲自己讲，她的口气，我认得的），请她写一些零碎的事给我。

父

二月三号

（十二月二十三日）笔

☆ 注释和品读

1.葆华，指袁葆华，何新九的堂姐夫。

2.打长，即经常的意思。系湖南宁乡方言。

3.落款时间为 1929 年 2 月 3 日，括号内为农历。

何叔衡写给义子何新九的这封信，直率地阐明了自己不为一身一家谋升官发财的人生观，同时细致入微地教导他待人接物。行文直截了当，简洁明了，很好地达到了教育引导孩子的目的。

该信的大意有三重。其一，说明认领义子的缘由。文中提到，托何新九为嗣，乃是其祖父之命，目的无非有三。对此，信的第一段作了明确交代。同时，毫不含糊地申明，自己绝对不靠其给养，不会给义子增加负担。其二，阐明自己的人生观。他说："我的人生观，绝不是想安居乡里以善终的，绝对不能为一身一家谋升官发财以愚懦子孙的。"这些掷地有声的话语，不谋升官发财的信念，不仅是重要的家训，也足以告诫纷繁世界的众生，足以引起广大仁人志士共勉。其三，条清理晰地讲事实，摆道理，从十个方面教导义子如何待人接物。这些教导具有很强的可操作性，足以让人明确其意思并加以遵循。

今天，阅读何叔衡的这封直率抒情、点点滴滴认真教导子女的家书，回望早期中国共产党人矢志报国、追求真理的脚步，遥想先烈为了革命事业义无反顾舍生忘死的壮举，不能不为之折服。何叔衡作为晚清秀才，却不迂不腐。他果敢地跟上时代的步伐，义无反顾地踏上革命道路，不辞劳苦远赴苏联学习，回国后在根据地出生入死，直至英勇牺牲始终初心不改。其高贵品格值得永远铭记。

阅读
感悟

你们如需我党录用
要比他人更耐苦更努力

——徐特立致女儿徐静涵（1949年8月）品读

 书信原文

静涵吾儿：

七月十五日信收到，二十二年来未得到你信。一九二八年我在上海探听你因写标语下狱，一九二九年在莫斯科又有人告诉我你和夏某到了长沙，抗日初我回家你母也不知道你的下落。我估计你已不在人世了，因为抗战前后我们的党已在南京、上海、汉口公开，但未见你向我党探问，又无家信。忽然接到你的信，也只十数行，你何时与铮吾结婚，你们的职业若何，生活状况若何，是否生有儿女，一字未提。是否你已写信给你的母亲，你的母亲是否尚在人世，我不知道，也未见你提及。厚本在一九三八年秋患肠热症，死在医院，至今十一年了你母还不知道，所有亲戚朋友都瞒着她，恐怕她忧郁成神经病。一九二七年笃本之死，你母十年神经昏乱，不能再加刺激。你如写信回家，不宜言及你弟之死。厚本和刘氏女结婚生了一女儿，刘未改嫁，改从夫姓名徐乾，已加入了我党八年，由一家庭妇女成了一知识分子。你妹柏青与卢姓结婚，已男女成群，虽在高小毕业，文字和知识都不及徐乾远甚，不能独立生活。

一九二八年我到上海你正在狱中，我以为你如果不是共产党也是一个革命的群众，今接你的信没有一字谈及，希望你把二十年来的生活、工作、学问写信告我。你们夫妇谅有职业，可不来北平。你是否回家来信未提及，你如有职业不可轻脱离，回家后需要仍能到现在的岗位工作。我已七十四岁，每天还要做八小时以上的工作，生活费公家尽量给我，但时局艰难我不敢多开支，所以我不望你北上。你们夫妇既能在上海大城市生活，谅有谋生之技能，或到长沙或仍在上海均好。你们如果需要我党录用，那么需要比他人更耐苦更努力，以表示是共产主义者的亲属。事忙不暇多写，祝你们夫妇进步、健康，做一个共产党的好朋友一直加入党为盼。

特立　八月

⭐ 注释和品读

1. 铮吾，指陶铮吾，徐静涵的丈夫。
2. 厚本，指徐厚本，徐特立的儿子。
3. 笃本，指徐笃本，徐特立的儿子。
4. 刘氏女，指刘萃英，徐厚本之妻，1940年改名徐乾。
5. 柏青，指徐柏青，徐特立的女儿。
6. 卢姓，指卢振声，徐柏青的丈夫。

徐特立是德高望重的老一辈无产阶级革命家、政治家、杰出的社会活动家，他与董必武、林伯渠、谢觉哉、吴玉章等老同志在党内被尊称为"延安五老"，具有很高的威望。1927年4月国民党右派公开叛变革命，此时徐特立拒绝了反动派对他的拉拢、利诱，毅然决然地抛弃一切，冒着杀头的危险加入了中国共产党，成为一名坚强的共产主义战士。从此，无论遇到多少艰难险阻，毕其一生尽心尽力为共产主义事业而奋斗。毛泽东称赞他是"坚强的老战士"，"革命第一，工作第一，他人第一"。前文提到，毛泽东曾经写信说："你是我二十年前的先生，你现在仍然是我的先生，你将来必定还是我的先生。"这是徐特立1949年8月写给女儿徐静涵的一封信，信中徐老告诉女儿父女分别后的家庭变故，鼓励她通过努力工作取得进步。尤其是，他不容置疑地告诉女儿，如果需要我党录用，那么需要比他人更耐苦更努力，体现出了老一辈无产阶级革命家严格的自律精神。

这封信主要有两层意思。第一层意思，充满慈爱地交流别后家里的状况。首先，徐老非常关切地询问女儿女婿职业和生活状况，了解是否生儿育女。其次，关切地交流家里诸位亲人的变故和近况，尤其交代为避免给老伴造成精神刺激，不要告诉她儿子去世的消息。作为22年来的第一次交流，这些话读来亲切而又感人。真实反映了烽烟四起的战争年月，革命家庭亲人颠沛流离的现实。第二层意思，对女儿女婿的未来发展提出严格要求。徐老要求女儿女婿珍惜现有的职业，鼓励他们继续在上海或者到长沙工作。尤其可贵的是，此时北平已经解放，我们党已经入驻北平。但是，徐老提出，时局艰难，为不增加开支，建议女儿不要北上。他还专门说，正因为女儿女婿是他作为共产主义者的亲属，如果需要我党录用，则必须比他人更加耐苦更加努力。信末，他要求女儿女婿不懈努力，争取入党。

作为党内的元老，徐特立如此严格自律，不但不让子女因他而得到关心照顾，反而要求子女因他是共产主义者而要比他人更加耐苦更加努力。这样的自律精神，看似苛刻，实则是共产党人先人后己、先集体后个人政治理念的具体体现。党的十八大以来，习近平总书记多次要求注重家风建设，强调"家庭的前途命运同国家和民族的前途命运紧密相连"，提出"国家好，民族好，家庭才能好"。当前，我们在新的起点上担负新的历史使命，面对各种复杂的挑战和考验，面对各种诱惑和风险，就要努力进行家风建设，继承和发扬徐特立等老一辈无产阶级革命家从严律己、从严律亲、从严治家的可贵品质。

 阅读
感悟

我没有"权力"没有"本钱"更没有"志向"来做扶助亲戚高升的事

——毛岸英致表舅向三立（1949 年 10 月 24 日）品读

 书信原文

三立同志：

　　来信收到。你们已参加革命工作，非常高兴。你们离开三福旅馆的前一日，我曾打电话与你们，都不在家，次日再打电话时，旅馆职员说你们已经搬走了。后接到林亭同志一信，没有提到你们的"下落"。本想复他并询问你们在何处，却把他的地址连同信一齐丢了（误烧了）。你们若知道他的详细地址望告。

　　来信中提到舅父"希望在长沙有厅长方面位置"一事，我非常替他惭愧。新的时代，这种一步登高的"做官"思想已是极端落后的了，而尤以通过我父亲即能"上任"，更是要不得的想法。新中国之所以不同于旧中国，共产党之所以不同于国民党，毛泽东之所以不同于蒋介石，毛泽东的子女妻舅之所以不同于蒋介石的子女妻舅，除了其他更基本的原因以外，正在于此：皇亲贵戚仗势发财，少数人统治多数人的时代已经一去不复返了。靠自己的劳动和才能吃饭的时代已经来临了。在这一点上，中国人民已经获得了根本的胜利。而对于这一层舅父恐怕还没有觉悟。望他慢慢觉悟，否则很难在新中国工作下去。翻身是广大群众的

180

翻身，而不是几个特殊人物的翻身。生活问题要整个解决，而不可个别解决。大众的利益应该首先顾及，放在第一位。个人主义是不成的。我准备写封信将这些情形坦白告诉舅父他们。

反动派常骂共产党没有人情，不讲人情，如果他们所指的是这种帮助亲戚朋友、同乡同事做官发财的人情的话，那么我们共产党正是没有这种"人情"，不讲这种"人情"。共产党有的是另一种人情，那便是对人民的无限热爱，对劳苦大众的无限热爱，其中也包括自己的父母子女亲戚在内。当然，对于自己的近亲，对于自己的父、母、子、女、妻、舅、兄、弟、姨、叔是有一层特别感情的，一种与血统、家族有关的人的深厚感情的。这种特别感情，共产党不仅不否认，而且加以巩固并努力于倡导它走向正确的与人民利益相符合的有利于人民的途径。但如果这种特别感情超出了私人范围并与人民利益相抵触时，共产党是坚决站在后者方面的，即"大义灭亲"亦在所不惜。

我爱我的外祖母，我对她有深厚的描写不出的感情，但她也许现在在骂我"不孝"，骂我不照顾杨家，不照顾向家，我得忍受这种骂，我决不能也决不愿违背原则做事。我本人是一部伟大机器的一个极普通平凡的小螺丝钉，同时也没有"权力"，没有"本钱"，更没有"志向"，来做这些扶助亲戚高升的事。至于父亲，他是这种做法最坚决的反对者，因为这种做法是与共产主义思想、毛泽东思想水火不相容的，是与人民大众的利益水火不相容的，是极不公平，极不合理的。

无产阶级的集体主义——群众观点与资产阶级的个人主义——个人观点之间的矛盾正是我们与舅父他们意见分歧的本质所在。这两种思想即在我们脑子里也还在尖锐斗争着，只不过前者占了优势罢了。而在舅父的脑子里，在许多其他类似舅父的人的脑子里，则还是后者占着绝对优势，或者全部占据，虽然他本人的本质可能不一定是坏的。

关于抚恤烈士家属问题，据悉你的信已收到了。事情已经转组织部办理，但你要有精神准备：一下子很快是办不了的。干部少事情多，湖南又才解放，恐怕会拖一下。请你记住我父亲某次对亲戚说的话："生活问题要整个解决，不可个别解决。"这里所指的生活问题，主要是指经济困难问题，而所谓整个解决，主要是指工业革命、土地改革、统一的烈士家属抚恤办法等，意思是说应与广大的贫苦大众一样地来统一解决生活困难问题，在一定时候应与千百万贫苦大众一样地来容忍一个时期，等待一个时期，不要指望一下子把生活搞好，比别人好。当然，饿死是不至于的。

你父亲写来的要求抚恤的信也收到了。因为此事经你信已处理，故不另复。请转告你父亲一下并代我问候他。

你现在可能已开始工作了罢。望从头干起，从小干起，不要一下子就想负个什么责任。先要向别人学习，不讨厌做小事，做技术性的事，我过去不懂这个道理，曾经碰过许多钉子，现在稍许懂事了——即是说不仅懂得应该为人民好好服务，而且开始稍许懂得应该怎样好好为人民服务，应该以怎样的态度为人民服务了。

为人民服务说起来很好听，很容易，做起来却实在不容易，特别对于我们这批有小资产阶级个人英雄主义的，没有受过斗争考验的知识分子是这样的。

信口开河，信已写得这么长，不再写了。有不周之处望谅。

祝你健康！

岸英 上

10 月 24 日

⭐ **注释和品读**

向三立是杨开慧的表弟，即毛岸英的表舅。

毛岸英的童年曾是在外祖母家度过的。外祖父杨昌济家里人口不多，外祖母向家人口较多，毛岸英兄弟与向家亲戚相聚很多，感情深厚。在杨开慧牺牲前后，向家对毛岸英及其外婆还有较大帮助。1949年10月，时值我们党经过艰苦卓绝的斗争建立新中国之际，也正是党和国家需要大批干部的时候，表舅父向三立来信"要求照顾"，并提出舅父杨开智当官的希望。10月24日，毛岸英在给表舅向三立的回信中，阐发了共产党人为广大人民群众谋利益的思想，坚持原则，理直气壮地拒绝了舅舅的不正当要求，同时对表舅也作了一番批评教育。该信摘自《红书简》，中共中央文献研究室、中央档案馆编，山西人民出版社2001年9月版。

在这封信中，毛岸英以一个共产党员的身份严格要求自己，他既没有半点优越感，更没有搞什么特权。其中清楚表达了他对共产党人的品格、人情世故、当官发财等的正确认识。其一，共产党人历来坚持把广大人民群众的利益摆在第一位。他说，新中国之所以不同于旧中国，共产党之所以不同于国民党，毛泽东之所以不同于蒋介石，毛泽东的子女妻舅之所以不同于蒋介石的子女妻舅，一个原因就是：皇亲贵戚仗势发财，少数人统治多数人的时代已经一去不复返了。他提出，翻身是广大群众的翻身，而不是几个特殊人物的翻身，每个人都要靠自己的劳动和才能吃饭。其二，共产党人从不否定对亲人的挚爱，但从来不能因为爱亲人而牺牲集体主义原则。他写道："我爱我的外祖母，我对她有深厚的描写不出的感情。"但是，共产党人讲的人情是对人民的无限热爱、对劳苦大众的无限热爱，其中也包括自己的父母子女亲戚在内，但并不讲帮助亲戚朋友、同乡同事做官发财的"人情"。当然，对于自己的近亲有一层特别感情的，一种与血统、家族有关的人的深厚感情的。这种特别感情，共产党不仅不否认，而且加以巩固并努力于倡导它走向正确的与人民利益相符合的有利于人民的途径。但如果这种特别感情超出了私人范围并与人民利益相抵触，共产党是坚决把人民利益放在第一位的，即使"大义灭亲"亦在所不惜。他认为，扶助亲戚高升，是与人民大众的利益水火不相容的。其三，烈士家属的抚恤要由组织部门统一办理。他说，关于抚恤烈士家属问题，事情已经转组织部办理，但不可能一下子就办好。他要求亲戚记住父亲毛泽东的教导，生活问题要整个解决，不可个别解决。字里行间，通篇反映出的是毛岸英作为一名共产党员，严格自律、坚持原则，秉承热爱广大人民群众、坚持人民利益第一的精神，毫无私心，毫不以特殊的地位去给予亲戚格外的照顾。

毛岸英短暂的一生，有如燧石，愈遇敲打，愈是闪耀着灿烂的光辉。时隔六十多年，特别是放在如今市场经济高度发达的时候，这封信读来更加让人感动。当前，我们推进新时代中国特色社会主义市场经济建设，面对金钱和美色的诱惑，面对一些人别有用心的"围猎"，面对自己的私心杂念，假如领导干部及其家属，都像毛岸英那样不忘初心、牢记使命，坚持人民利益第一，不搞优亲厚友，遇到问题严格要求自己，遇到诱惑坚决守住底线，我们党就一定能够始终得到广大人民群众的拥护。

 阅读
感悟

人民政府的法令　你们必须老老实实照办

——刘少奇致姐姐刘绍懿（1950年5月2日）品读

 书信原文

七姐：

你三月初九日写来的信，我收到了，并看懂了。

你家过去主要是靠收租吃饭的，是别人养活你们的，所以你应该感谢那些送租给你们、养活你们的作田人。人家说你们剥削了别人，那是对的，你们过去是剥削了别人。乡下现在要减租退押，也是对的。你们应照减照退。你不能骂人，说他们是小子会、棍子队。不，他们是养活你们及其他许多人的大恩人，你应该尊敬他们。

你现在退不起租押，人家要你吃点苦，也是应该的。你知道乡下的贫农、雇农吃了多少年的苦，你现在吃这样几天苦，又算得什么呢？老早我就向你们说过，要你们不要收租放债，你们不听，并且还说我不对。现在你们吃苦了，再来找我，已经迟了，我也无办法了。这些苦，照我来说，是你们自讨的。你再不能怨恨别人。

二五减租及三七五限租，是人民政府的法令要办的，你们必须老老实实照办。去年你们没有照办，是不对的，所以现在要退租。如果你们退不出，可以请求乡农会允许你们等到今年秋季收租时再退，你可打一个借条给农会，请求农会原谅你们去年没有减租的错误，如果农会要罚你们去年未减租的错误，你可以请求他们罚一点谷，在秋后交给他们。大概今年秋收，你们还可以收一年租，是合法的。但今年秋后乡下如果分田，明年就不能收租了，如不分田，明年还可收租一年。

退押的事，你们已退出一些，如再无法退，可请求农会免退。中央已令各地停止退押，退不起的，可以不退押了，到秋后，你们把田山屋宇交给农会分配就是了。但你们必须把田山屋宇及树木等等好好保存，不要损伤，犁耙锄牛好好保护，不要破坏和出卖。否则，农会在以后还会要处罚你们的。

你们以后应该劳动，自己作田，否则，你们就没有饭吃。今年，如果佃户和农会愿意让几亩田给你们作，你可请求佃户和农会让出一点田作。如果农会佃户不肯让，你们只有揽零工作，或将家中的肥料送给佃户，帮助佃户伙种，请求佃户把多收的粮多分点给你们，作为你们肥料和人工的报酬。在今年分田以后，农会还会分几亩田给你们自己作的，以后你们就作田吃饭。

你们不要来我这里，因我不能养活你们。我当了中央人民政府的副主席，你们在乡下种田吃饭，那就是我的光荣。如果我当了副主席，你们还在乡下收租吃饭，或者不劳而获，那才是我的耻辱。你们过去收租吃饭，已经给了我这个作你老弟的中央人民政府副主席以耻辱，也给了你的子女和亲戚以耻辱。你现在自己提水做饭给别人吃，那就是给了我们以光荣。你以前那些错误的老观点，应完全改正过来。

你把我这封信送给六姐一看。她家也不作田吃饭，而靠收租及管公产吃饭，也是不对的。欠了公家的谷，当然要还。暂时还不起，以后慢慢的还是要还。而且以后再不能靠管公产吃饭了，也必须自己作田吃饭。以后他们自己作田吃饭，也才给我们以光荣。他们现在的困难，也是他们自讨的，不能怨恨别人。

中央已决定今年秋后分田不动富农的土地和财产。七哥大概要算富农，所以他家土地和财产可以不动，不会受什么损失。六哥家过去也主要不是靠收租吃饭，而是靠雇请工人种地吃饭，他自己也劳动，所以大概也算富农，所以他家大概也不会动。以后作富农，雇请工人种地，自己也种地，这是可以的，合法的，不会受到大的斗争的，所以你们及其他的人家还可以雇长工短工作事，以帮助他们进行生产。六嫂今年雇人种田是好的。四嫂亦可雇人种田。这样，乡下找工作的人才有工作，你们也可过活。七哥家要雇人也是好的。因为允许雇人种地，对穷人也是有好处的，故可告诉乡下的亲故们：为了进行生产，尽可雇请长工和短工，讲好工钱，订好合同，以后按合同待遇工人，就不会有问题。

我回这封信给你，还是为了你们好，你们必须听我的话，老实照办，否则还是要讨苦吃的。对于过去，你们必须认错，请求农会原谅和教育你们。

祝你好

刘 少 奇
五月二日

⭐ 注释和品读

1. 刘绍懿，刘少奇的七姐。土改时定为地主。

2. 减租退押，是新中国成立初期的一项政策。新解放区在进行土地改革以前，一律实行减租退押。规定地主依法减低地租租额后，仍可向租种自己土地的农民收租，同时地主还应向农民退还租种土地的押金。

3. 二五减租，指地主收地租应按原租额减少 25%。三七五限租，指地主收地租的租额不得超过出租土地的正产物收获总额的 37.5%。

4. 六姐，名刘绍德。土改时定为地主。

5. 七哥，指刘作衡。

6. 六哥，指刘云庭。

这是刘少奇 1950 年 5 月 2 日写给姐姐刘绍懿的一封信，向她阐释新中国土地改革政策，指导她告别封建剥削生活，要求她老老实实遵守政府的法令。选自《老一代革命家家书选》，中央文献出版社 1990 年 2 月出版。该信曾经在人民网、中国共产党新闻网全文刊登。

这是一封有名的"廉政家书"。1950 年 5 月，刘少奇担任中央人民政府副主席，正担负着领导制定土地改革政策和推进土地改革的重任。此时，与刘少奇感情较深的亲姐姐刘绍懿来信，流露出对土改减租退押政策的不满，不愿在家务农，希望能随刘少奇到城里生活。刘少奇在回信中，严肃批评了她的错误思想，要求她认真遵守政府法令，鼓励她自食其力。此后，七姐听从刘少奇的规劝，一直在家乡务农。

信的大意主要有三层。其一，要求认真执行政府法令。刘少奇首先要求七姐尊重他人，不要指责农会工作人员。关于减租，他要求七姐老老实实遵照执行人民政府的法令，该退租则退租，实在退不起租则可以请求乡农会允许等到今年秋季收租时再退，打借条给农会。关于退押的事，他申明，中央已令各地停止退押，退不起的，可以不退押。关于秋后将田山屋宇交给农会分配，他特别要求，既要把田山屋宇交给农会分配，还必须在上交之前把田山屋宇及树木等等好好保存，不要损伤，犁耙锄牛好好保护，不要破坏和出卖。其二，要求学会耕作、靠劳动吃饭。刘少奇指出："你们以后应该劳动，自己作田，否则，你们就没有饭吃。"其三，阐明自己的荣辱观，并要求亲人遵规守纪、自食其力。对七姐来北京的请求，他明确提出"不要来我这里""因我不能养活你们"。他旗帜鲜明地指出："我当了中央人民政府的副主席，你们在乡下种田吃饭，那就是我的光荣。如果我当了副主席，你们还在乡下收租吃饭，或者不劳而获，那才是我的耻辱。"最后，刘少奇还再次叮嘱七姐必须老实按照这封回信说的办。

刘少奇的一生光明磊落，廉洁奉公，不仅严于律己，而且严于律"亲"，从不允许自己的亲戚朋友利用他的关系谋取私利。这封"廉政家书"虽然短小，却非常突出地彰显了刘少奇严格自律的高贵品格。当前，我们党在新时代推动全面从严治党向纵深发展，进一步加强党的作风建设，需要领导干部发挥带头作用，特别需要掌握主要权力的"关键少数"发挥带头作用。子曰："其身正，不令而行；其身不正，虽令不从。"各级领导干部都要自觉做到不忘初心、牢记使命，从学习刘少奇的这封"廉政家书"做起，带头严格约束家属亲属和身边工作人员，给党员群众作出示范和表率。

 阅读
感悟

一切按正常规矩办理　不要使政府为难

——毛泽东致妻兄杨开智（1949年10月9日）

杨开智先生：

　　希望你在湘听候中共湖南省委分配合乎你能力的工作，不要有任何奢望，不要来京。湖南省委派你什么工作就做什么工作，一切按正常规矩办理，不要使政府为难。

毛　泽　东

十月九日

注　释

　　1.杨开智，是杨开慧的哥哥。杨开智致信毛泽东时，希望能在北京给他安排工作，或是推荐他在湖南省从事更好的工作。

　　2.毛泽东还致信湖南省委第一副书记王首道，指出："杨开智等不要来京，在湘按其能力分配适当工作，任何无理要求不应允许。"当毛泽东得知杨开智、李崇德夫妇服从组织安排，工作较出色，又于1950年4月13日写信给他们说："你们在省府工作，甚好，望积极努力，表现成绩。"

同志式的善意的批评
是对人的一种最好的帮助

——刘少奇致儿子刘允若（1956年1月21日）

亲爱的允若：

你一月三日的来信收到。因为你有几个月没有来信，我对你的情况是有一些挂念的，接到你这封信，了解你的问题基本上还没有解决。

你的要求是要转学或者转系。你到底想学什么？你想干哪一行？你应当直接提出你的要求，同我讨论，同组织上讨论，而不要绕弯子，不要找什么借口（例如说，不是不愿意学下去，而是同这一班人处不好）。

关于你学什么的问题，在你出国以前，我曾经同你讨论过。我说，不管你将来干什么，我劝你学一门专业，因为学一门专业知识，对于你将来不论干什么工作都有好处，如果别的工作不能干，可以干自己的专业，而如果没有一门专业知识，则可能不论什么工作都难于干好。你现在学完（只要五年）你的专业，不独不会妨害你将来干别的工作，相反，只会有帮助。例如，孙中山原来是学医的，并不妨害他后来成为伟大的政治家；鲁迅原来也是学医的，并不妨害他后来成为伟大的文学家；毛主席原来是学教育的，并不妨害他成为我们党的领袖。其他这样的例子还很多。如果你是有创造才能的，你现在学完你的专业，难道会妨害你将来去干别的什么吗？不会的，只会有帮助，不会有妨害，正如孙中山、鲁迅学医，毛主席学教育，不会妨害，只会帮助他们后来成为政治家、文学家和党的领袖一样。作为一个政治家或文学家，不只是需要一门专业知识，而且要有各方面的知识，要有创造性的天才。对于一切有天才的人，不管他学的是什么专业，谁也不会禁止他将来成为文学家、政治家，或者成为党和国家的领袖，而如果没有这样的天才，如果不能取得党和人民的拥护，那是任何人也不能强求的。你说你将来去当教员，那末，学好你的专业，不会妨害你去当教员，只会使你当一个更好的教员。

你在中学的时候，是闹过转学的，结果，你失败了，你还是回到了原来的学校。现在你又闹着转学，我看，你的理由是不充足的，你转学别的学科，不见得对你一定会有很多好处。但你还是可以直接提出你的要求，组织上当会考虑尽量满足你的要求。如果你要学文科的话，那末，就不必在苏联学习，回中国来学习会更好一些。

在你的来信中还表现了一种悲观的情绪，表现了一种错误的悲观的人生观。这是很不好的。青年人不应该有这种情绪。生一点病，是会好的，不应该影响情绪。你所表现的这种情绪，必须力求转变，必须对一切抱乐观的态度，否则，对于你是危险的。

你在国内的时候，不多谈话，暴露你的思想问题也不多，因此，我也无法在思想上帮助你。你到苏联以后，却写了不少的信给我，因而也就暴露了你不少的思想问题，这就很好，就有可能使我针对你的这些思想问题来帮助你一下。所以我写了好几封长信给你，并把这

刘少奇致儿子刘允若（1956年1月21日）—1

刘少奇致儿子刘允若（1956年1月21日）—2

刘少奇致儿子刘允若（1956年1月21日）—3

刘少奇致儿子刘允若（1956年1月21日）—4

刘少奇致儿子刘允若（1956年1月21日）—5

刘少奇致儿子刘允若（1956 年 1 月 21 日）—6

刘少奇致儿子刘允若（1956 年 1 月 21 日）—7

刘少奇致儿子刘允若（1956年1月21日）—8

刘少奇致儿子刘允若（1956年1月21日）—9

些信转给了大使馆党的组织，使党的组织也有可能来帮助你。对你的这种帮助表现为对你的错误思想的批评，而你是不大欢迎这种批评的，以为这种批评是说你的短，或者说是在"骂"你。这是不对的。不能把诚恳地恰如其分地指出你某种错误的批评同骂人混淆起来。骂人是对人的一种恶意的攻击，也不怎样讲究实事求是，这种毛病，我倒常见你犯过。同志式的善意的批评，则是对人的一种最好的帮助。所谓良药苦口利于病，忠言逆耳利于行，就是讲的这种批评。这是必须欢迎，而不应当拒绝的。接受这种批评，改正错误，也并不丧失什么"面子"，相反，凡是自爱的有自尊心的人，都应当欢迎这样批评。不要把正当的自尊心同保存一种虚假面子混淆起来，以为接受同志们的批评，改正错误，就丧失了自尊心。你说你已经习惯于领受这种批评，这很好。每一个人都应该习惯于虚心领受同志们的批评。这就是中国古人所说的"闻过则喜"的态度，是很好的。但不要厚着面皮，表示一种沉默的拒绝态度，或者丧失自己正当的自尊心。

你写来这封信，当然又暴露了你的一些思想问题，这很好。既然有了问题，向我，向同志们说出来，总比不说要好。因为不说，不等于没有问题，问题还是存在；说出来，你的同志，你的亲属，才好帮助你。你说，你在写这封信以前，"仍然犹豫要不要写这些"，你"感到写这些没有用"。你写这些，不是没有用，而是很有用。我欢迎你写这样信给我，就是说，欢迎你爽直地、无隐讳地把你思想上的问题告诉我。然后，我就可以告诉你，哪些你是对的，哪些你是不对的，从而就可以鼓励你对的方面，增加你的信心，警惕你不对的方面，获得及时的纠正。

你说，你在不久以后可能在大使馆看到你这封信。你的估计是对的。你不要反对我在有必要的时候把你的信转交你那里的党的组织，从而不只是我，而且有你那里的党的组织也了解你的思想情况，以便更好地处理你的问题，帮助和教育你。以前我曾这样作过，以后，有必要的时候我还要这样作。这对你只会有好处的。你必须了解，每一个人都不应当躲避党和人民的监督，而应当主动地把自己的思想、言论和行动放在党和人民的监督之下。

总之，你近来所表现的思想问题是严重的，你的主要问题还没有解决，你应该向大使馆党的组织请求解决你的问题。解决办法，第一，是你在思想上想通，继续学习你现在学的专业，认真地愉快地学下去，学好回来，这样是好的；第二，请求转学或者转系，如果大使馆党的组织批准你转，我是不反对的；第三，如果转学转系不可能，你又实在不愿学你现在学的专业，那你应当考虑是否请求退学，及早回国。你应当就以上三个办法及早下决心，不要再犹豫不决了。

这封信你送给允斌看看，并同允斌商量，迅速决定你的问题。

你告诉允斌，我同意他继续实习，一直学好回来。我不反对曼娜也参加实习。曼娜来中国的问题，如果已经决定，就不必再改变了。

祝你健康、愉快！

刘 少 奇

注 释

1. 允斌，指刘允斌，刘少奇的儿子。
2. 曼娜，即玛拉·费多托娃，刘允斌的妻子。

主要参考文献

1.《毛泽东书信选集》，中央文献出版社 2003 年 11 月出版。

2.《周恩来书信选集》，中央文献出版社 1988 年 1 月出版。

3.《老一代革命家家书选》，中央文献出版社 1990 年 2 月出版。

4.《红书简》，中央文献研究室、中央档案馆编，山西人民出版社 2001 年 9 月出版。

5.《红色家书》，党建读物出版社 2016 年 10 月出版。

6.《中国共产党的九十年》，中央党史研究室编，中共党史出版社、党建读物出版社 2016 年 6 月出版。

7.《李达全集》，汪信砚主编，2016 年 12 月出版。

8.《方志敏全集》，中共江西省委党史研究室编，人民出版社 2012 年 6 月出版。

9.《左权家书》，左太北编，中共党史出版社 2014 年 8 月出版。

责任编辑：洪　琼

版式设计：顾杰珍

图书在版编目（CIP）数据

初心：红色书信品读／《初心：红色书信品读》编写组 编著 . —北京：
　人民出版社，2018.4（2023.3 重印）

ISBN 978 - 7 - 01 - 019048 - 8

I. ①初…　 II. ①初…　 III. ①书信集 – 中国 – 现代　 IV. ① I266.5

中国版本图书馆 CIP 数据核字（2018）第 046154 号

初　心

CHUXIN

——红色书信品读

《初心——红色书信品读》编写组　编著

人民出版社 出版发行

（100706　北京市东城区隆福寺街 99 号）

北京汇林印务有限公司印刷　新华书店经销

2018 年 4 月第 1 版　2023 年 3 月北京第 14 次印刷

开本：710 毫米 ×1000 毫米 1/16　印张：13.5

字数：200 千字　印数：63,001—67,000 册

ISBN 978 - 7 - 01 - 019048 - 8　定价：49.00 元

邮购地址 100706　北京市东城区隆福寺街 99 号

人民东方图书销售中心　电话（010）65250042　65289539